Wir reisen hin zum Weihnachtsfest

Claudia Filker (Text)
Ingrid und Dieter Schubert (Illustration)

Wir reisen hin zum Weihnachtsfest

Adventsgeschichten
aus zwei Jahrtausenden

scm R.Brockhaus

RBtaschenbuch Bd. 736

1. Taschenbuchauflage 2008

Orginal Umschlaggestaltung: jungepartner.de, Witten
Taschenbuchanpassung: Johannes Käser
Textillustrationen: Ingrid und Dieter Schubert, Amsterdam
Satz: WVG, Werbe- und Verlagsgesellschaft mbH, Kaarst
Druck: CPI-Ebner & Spiegel, Ulm
ISBN 973-3-417-20736-1
Best.-Nr. 220.736

Inhalt

Vorwort

Bist du 6 Jahre alt und hörst gern Geschichten?
Sind Sie 66 Jahre alt und lieben es, von Geschichten in andere Zeiten entführt zu werden?
Versprochen: Alle Generationen werden in den Erzählungen dieses Buches auf eine spannende Reise durch zwei Jahrtausende mitgenommen.

Diese Geschichten sind schon einmal veröffentlicht worden. Vor Jahren schrieb ich einen Adventskalender für Kinder. Und schon bald erhielt ich Rückmeldungen, die davon sprachen, wie vielseitig er zum Einsatz kam: Familien machten mit ihm ihr tägliches Advents-Viertelstündchen, Klassen lasen ihn jeden Tag im Morgenkreis, in Gemeindegruppen wurden ausgewählte Geschichten vorgetragen, ältere Damen luden ihre Freundinnen ein und bereicherten mit den Erzählungen ihr adventliches Kaffeetrinken. All dies veranlasste den Verlag, diese Advents-Zeitreise noch einmal in Buchform herauszugeben – diesmal in einer Ausgabe für alle Generationen.

Weihnachtliches aus zwei Jahrtausenden – manchmal werde ich gefragt: »Sind denn die Geschichten wahr?«
Wann sind Geschichten wahr?
Als dieses Buch entstand, stöberte ich in den Berliner Bibliotheken, interviewte Menschen aus verschiedenen Regionen und entdeckte allerhand über Brauchtum,

Weihnachtssitten und alte weihnachtliche Erinnerungen aus verschiedenen Jahrhunderten. Das ist »wahr«: Es ist z. B. verbürgt, dass der Herrnhuter Stern während des Mathematikunterrichtes 1821 als Veranschaulichung geometrischer Figuren entwickelt wurde und dass der erste Adventskranz als Wagenrad in dem von Pastor Wichern gegründeten »Rauhen Haus« 1839 in Hamburg hing. Und wer weiß schon, dass es Martin Luther war, der das Geschenkemachen 1535 vom Nikolaustag auf das Christfest verlegte und im selben Jahr das bekannte Weihnachtslied »Vom Himmel hoch, da komm ich her« dichtete?

Aber noch etwas anderes als wenig bekannte historische Fakten sollte in den Geschichten vorkommen: Wie lebten Menschen in früheren Zeiten? Wie erlebte z. B. das Kind einer Weberfamilie im 19. Jahrhundert seine Wirklichkeit; ein Kind, das die Armut zur Kinderarbeit zwang und von der Schule fernhielt?

In diesem Sinne sind die Geschichten »wahr« und laden alle großen und kleinen Leser ein, für die letzte Geschichte in diesem Buch das Herz zu öffnen.

Claudia Filker

Der geborgte Weihnachtsbaum (1957)

Oma, Opa und Mama wohnten in der Innenstadt in der Seidelstraße in einem alten Haus, das den großen Krieg unbeschadet überstanden hatte. Oma und Opa waren junge Leute und Mama noch ein Baby.

Die Wohnung hatte hohe Decken, große Fenster und in jedem Zimmer einen Kohleofen. Leider gab es nur ein Klo für vier verschiedene Familien auf halber Treppe. Aber das war besser als ein Plumpsklo im Hinterhof. So etwas gab es damals auch noch, wusste Oma zu erzählen.

Auf der gleichen Etage in einer Einzimmerwohnung lebte Frau Krause. Sie war eine Flüchtlingsfrau, die ihre Heimat verlassen musste. Irgendwann nach dem Krieg war sie über viele Umwege in die Seidelstraße gezogen, direkt neben Oma und Opa, die damals noch ganz jung waren und sehr froh, dass sie sich hatten. Frau Krause hatte nämlich keinen Menschen mehr. Ihr Mann war auf der Flucht aus Ostpreußen und ihr Sohn als Soldat gestorben.

Bis zu dem Tag, als die Sache mit dem Tannenbaum passierte, kannten sie sich nicht gut, die Frau Krause und Mamas Familie. Sie sagten sich im Flur freundlich

»Guten Tag« und manchmal trug Opa einen schweren Kohleneimer aus dem Keller bis zur Wohnungstür der alten Frau.

Doch das änderte sich, als am Heiligabendmorgen in jenem Jahr jemand an der Flurtür klingelte. Oma war gerade dabei, den Tannenbaum zu schmücken. Eine ganz aufgeregte Frau Krause stand vor der Tür und hielt in ihrer Hand einen Brief: »Stellen Sie sich vor, meine Nichte, die nach der Flucht in Süddeutschland gelandet ist, will mich heute Mittag für ein Stündchen besuchen. Dann muss sie gleich weiterreisen. Ich wollt' Sie fragen, ob Sie mir vielleicht Ihren Tannenbaum ausleihen könnten?«

Oma war wohl erst ziemlich verdutzt. Einen Tannenbaum ausleihen! Geht denn so etwas? Er stand doch schon im Ständer und war fast fertig geschmückt.

Ob sie denn auch ein paar Kugeln und Kerzen und etwas Lametta haben dürfe?, fragte die Nachbarin weiter. All dies habe sie für sich allein ja nicht mehr gekauft seit der Flucht.

So kam es, dass Oma an diesem Heiligabendvormittag den fertig geschmückten Tannenbaum in die kleine Nachbarwohnung zu Frau Krause trug.

Es wurde Mittag. Opa kam nach Hause. Er freute sich auf seine Frau, auf sein Baby, aufs Christfest und auf den geschmückten Baum, denn er war immerhin der Erste seit ihrer Hochzeit.

Gemeinsam hatten sie den Baumschmuck gekauft. In jener Zeit verdiente Opa nicht sehr viel Geld und

Baumschmuck war viel teurer als heutzutage. Aber sie hatten sich drei Silberzapfen, drei rote Kugeln, drei silberne Kugeln und zwei Rauschgoldengel geleistet. Für diesen Einkauf waren sie ein paar Wochen vor dem Fest lange über den kleinen Weihnachtsmarkt in der Stadt gezogen, hatten den Kinderwagen hin und her an den Ständen vorbeigeschoben und lange überlegt, ob sie nur silberne Kugeln kaufen sollten oder auch rote. Und ob sie sich die Silberzapfen auch noch leisten konnten. Die beiden Rauschgoldengel waren Opas Weihnachtsgeschenk für Oma, denn die hatten sie sich eigentlich wirklich nicht mehr leisten können.

Begeistert war Opa nun wirklich nicht, als er hörte, dass sein Baum nebenan von Frau Krause schon »benutzt« wurde. Ganz unruhig lief er im kleinen Korridor auf und ab, bis er endlich hörte, wie sich die Nichte von Frau Krause verabschiedete. Schnell lief er in den Keller und füllte für Frau Krause einen Kohleneimer, den er vor ihrer Tür abstellte, bevor er klingelte.

»Ein frohes Fest wünsch ich Ihnen, Frau Krause. Und nun wollt ich unser Bäumchen holen.« Opa war wohl etwas ungeduldig. Er nahm den Baum mit einer Hand, warf Frau Krause, die sich immer und immer wieder für das freundliche Ausleihen bedankte, noch einmal einen Gruß zu und eilte aus der Wohnung. Zu hastig! Denn den schweren Kohleneimer, der draußen vor der Tür stand, den hatte er vergessen. Es schepperte, polterte und klirrte ...

War das eine Bescherung! Da lag Opa, mit ihm der Weihnachtsbaum. Silberne und rote Scherben hatten sich über den ganzen Hausflurboden verteilt.

Wer sah an diesem Nachmittag wohl erschrockener aus? Opa, der glaubte, das ganze Weihnachtsfest sei mit zu Bruch gegangen, oder die arme alte Frau Krause, die immerzu klagte: »Daran bin ich nur schuld, wie konnte ich mir bloß von den jungen Leuten den Baum leihen?«

Frau Krause stand noch immer wie erstarrt im Türrahmen, als das Bäumchen schon längst an seinem vorgesehenen Platz stand und alle Scherben aufgefegt waren. Oma wollte sich gerade von der alten Nachbarin verabschieden und »Ein schönes Fest noch, Frau Krause!« sagen, da bemerkte sie, wie traurig Frau Krause aussah. »Wir würden uns freuen, wenn Sie gleich mit uns feiern, Frau Krause!«, sagte sie stattdessen. »Kommen Sie doch zu uns rüber!«

An diesem Abend saßen sie zu viert unter dem Tannenbaum. Zwei Kugeln waren heil geblieben und ein Rauschgoldengel. Dem Lametta war natürlich nichts geschehen und die Kerzen leuchteten wunderbar.

Nach dem gemeinsamen Fest grüßten sie sich nicht mehr nur freundlich, sondern wurden gute Freunde. Und als im drauf folgenden Jahr die Adventszeit begann, brachte Frau Krause einen schön eingepackten Karton. Was mag wohl darin gewesen sein?

Eine kostbare Klavierstunde (1947)

Die Dielen knarrten unerbittlich unter Peters vorsichtigen Schritten. So sehr er sich auch bemühte, ganz leise einen Fuß vor den anderen auf dem abgetretenen Linoleumboden aufzusetzen – es gelang ihm einfach nicht, den Küchenboden zum Schweigen zu bringen. Großmutter neigte die Zeitung bis zur Nasenspitze und schaute ihn streng über ihren glänzenden Brillenrand an. Aber Peter war schon beim Vorhang angekommen, der den Raum in zwei Hälften teilte. Eine kleiner und enger als die andere. Er schob den Stoff vorsichtig zur Seite und lugte neugierig auf die langen blonden Zöpfe der dicken Inge.

»Wie kann man nur so scheußlich Klavier spielen«, dachte Peter.

Inge übte mit Peters Mutter das Nikolauslied »Lasst uns froh und munter sein«. Aber immer, wenn Inge die schnellen Achtelnoten bei »Tralalalala« spielen sollte, griffen ihre Finger daneben. Pling! Schon wieder. Peter hielt sich die Ohren zu.

Beim Mittagessen hatte Peter seine Mutter gefragt, warum sie Kindern Klavierunterricht gäbe, deren Finger bestimmt zu dick wären, um schnell die richtigen Tasten zu finden.

»Manche Kinder brauchen halt etwas länger, bis ihre Finger schnell und leicht richtig greifen«, versuchte sie ihn zu beruhigen.

Peters große Schwester Astrid mischte sich ein: »Du Meckerer, manche Kinder lernen vielleicht nie das Klavierspielen, aber sie bringen gute Sachen mit, wenn Mutter ihnen Unterricht gibt. Denk mal dran, von wem die Kartoffel ist, die du dir gerade in deinen frechen Mund schiebst!«

Das war natürlich wahr. Inges Vater war ein reicher Bauer aus dem Nachbardorf. Und er hatte schon manche Schätze seiner Tochter zur Klavierstunde mitgegeben: Speck, Äpfel und Kartoffeln, immer wieder köstliche Kartoffeln.

Seit der nette alte Nachbar, Herr Salzbach, Mutter sein Klavier geliehen hatte, ging es der Familie viel besser. Mutter konnte wie früher, als sie noch in ihrer schönen großen Wohnung in der Stadt wohnten, Klavierschüler unterrichten. Aber jetzt gab's Klavierstunden gegen Lebensmittel. Auch sonst war manches anders als früher. Die Wohnung war zerbombt worden in dem schrecklichen Krieg, der erst zwei Jahre vorbei war. Nun hatten sie nur diesen einen Raum. Und der Vater – Peters Blick fiel auf das Foto, das Mutter auf das Klavier gestellt hatte. Ein Mann in Uniform trug einen kleinen Jungen auf dem Arm.

»Schau, Peter, da war Vater das letzte Mal bei uns. Zwei Jahre, bevor der Krieg zu Ende ging. Du warst zwei Jahre alt«, hatte Mutter ihm erklärt. Peter konnte sich an diesen Mann nicht mehr erinnern. Ob er noch lebte? Vielleicht irgendwo als Gefangener?

Jeden Abend, wenn Mutter an seinem Bett saß, schloss sie das Abendgebet: »Du, guter Vater im Himmel, weißt, wo Vati ist. Sei ihm doch ganz nah.«

Pling! Schon wieder hatte sich Inge verspielt. Fast hätte sie es bis zum Ende des Liedes geschafft, wo es heißt: »Bald ist Nikolausabend da, bald ist Nikolausabend da.« Bald singe ich es ganz laut, dachte Peter und ging vorsichtig kleine Schritte rückwärts, bis er fast an den Küchentisch stieß. Wirklich – nur noch zwei Tage bis zum Nikolausabend.

Ein paar Tage war's her, da hatte Mutter einen Brief in der Hand gehabt. Und sie hatte so geschaut, als wäre ein Wunder passiert. »Peter, vielleicht haben wir dieses Jahr einen besonderen Nikolaustag!«

Peter konnte sich schon etwas sehr Wunderbares denken. Vielleicht käme der Nikolaus bei ihm vorbei und würde ihm eine Tafel, eine *ganze* Tafel Schokolade bringen? –

Hatte es nicht gerade geklopft? Peter sprang zur Tür. Wenn es klopfte, musste er nicht leise gehen. Er drückte die Klinke und riss die Korridortür weit auf. Vor ihm stand ein Mann.

Nein, so sah auf keinen Fall ein Nikolaus aus. Der Mantel war nicht rot, sondern schäbig grau. Und in der Hand hielt der Fremde keinen Sack, sondern einen geschnürten Karton. Und einen langen weißen Bart hatte dieser Mann auch nicht, aber er hatte sich einige Tage nicht mehr ordentlich rasiert.

Langsam setzte der Mann seinen Karton ab und nahm seine Mütze vom Kopf.

Inge spielte nicht mehr Klavier, und die Dielen knarrten unter den langsamen Schritten von Mutter.

»Hans!« Erschrocken sah sich Peter zu Mutter um. Sie stürzte zu dem Mann, der jetzt seine Arme weit ausstreckte. Und wieder rief Mutter: »Hans!«

Und jetzt wusste Peter, wer der Nikolaus war.

Ganz schön pfiffig (1923)

»Das kommt überhaupt nicht in Frage! Niemals verkaufen wir die Krippe!« Energisch stemmte die Mutter ihre Hände in die Hüfte und starrte auf die Krippenfiguren, die der Vater auf dem Wohnzimmertisch aufgestellt hatte.

Die milde Oktobersonne strahlte die kleinen Holzfiguren an, die genau so ratlos herumstanden wie der Rest der Familie Krüger. Vater hatte sich müde auf den Wohnzimmerstuhl fallen lassen. Johanna hielt den leeren Pappkarton in der Hand. Paul nahm den Esel und strich behutsam über den fein geschnitzten Kopf. Und der kleine Wilhelm schaute ängstlich von einem zum anderen. Auch wenn man erst sechs Jahre alt ist, weiß man, wenn's ernst wird.

Vor vielen Jahren hatte der Großvater die kostbaren Krippenfiguren auf einer Reise nach Wien in einer Schnitzerstube erstanden. Und Weihnachten ohne diese Krippe, das wäre wie, wie …

»Wenn ihr die Krippe verkauft, dann können wir Weihnachten gleich ganz ausfallen lassen!« Johanna knallte den Karton auf den Tisch, dabei fiel Maria direkt in die Arme von Josef. Die beiden Figuren schauten Johanna vorwurfsvoll an.

»Dann mach bitte einen besseren Vorschlag, Johanna, oder du, meine Liebe!« Fragend sah Herr Krüger seine Frau an.

Aber die ließ nur die Arme sinken und legte dann ihre Hände auf die Schultern ihres Mannes. »Ach, ich weiß doch, wie schwer es dir selber ist, dich von der Krippe zu trennen.« Ihre Wut war verflogen. Hilflos ließ sie ihre Augen durch das geräumige Wohnzimmer wandern. Was hatte sie in den letzten Monaten nicht schon alles zum Verkauf zu diesem grässlichen Halsabschneider geschleppt! Dort der helle Fleck an der Wand war ein stummer Zeuge. An seiner Stelle hing früher ein wunderschönes Ölgemälde. Und wenn sie die schweren Schubladen des Eichenschrankes öffnete, blinkte sie schon lange nicht mehr das Silberbesteck an. Fünfzehn lumpige Dollar hatte dieser Kerl ihr damals für den Besteckkasten geboten.

Entrüstet hatte sie auf dem Absatz wieder kehrtgemacht. Aber eine Woche später musste sie sein Angebot doch annehmen. Was nützte der Familie das Silber im Kasten, wenn sie kein Brot, keine Milch, keine Kartoffeln auf den Tisch bringen konnte? Satt gegessen, so richtig satt gegessen hatten sie sich alle schon lange nicht mehr.

Millionen und Milliarden Mark verdiente der Vater Woche für Woche als Lehrer. Jede Woche wurden es größere Zahlen. Aber in Wirklichkeit wurden sie immer ärmer, denn jede Woche bekam man weniger für sein Geld.

Dollars – das war hartes Geld. Wer Dollars hatte, bekam alles, was er brauchte. Und Dollars gab es bei diesen schmierigen Schwarzhändlern, die gierig alles nahmen, was Menschen wie Krügers zu ihnen brachten. –

»Also, gut! Kinder, verabschiedet euch von Maria und Josef, wünscht den Königen eine gute Reise . . .« Mit diesen Worten nahm Frau Krüger den Karton und wickelte die Figuren in Zeitungspapier. Die anderen zogen schweigend ab, nur Wilhelm schaute ihr bei der traurigen Arbeit zu. Deshalb war Wilhelm auch der Einzige aus der Familie, der sah, wie Mutters Tränen auf das Papier tropften. »Ich hol mir schnell ein Taschentuch.« Mit eiligen Schritten ging Mutter ins Schlafzimmer. »Warum hat sie es jetzt nur so eilig, die Krippe aus dem Haus zu bringen?«, dachte Wilhelm, kletterte auf den Stuhl und wühlte im Karton. Auch er musste jetzt schnell etwas erledigen.

Zwei Monate später feierten Krügers das Weihnachtsfest. Es fiel natürlich nicht aus, obwohl die Zeiten noch nicht besser geworden waren. Das Brot kostete jetzt 355 Milliarden Mark! Der Platz unter dem Tannenbaum, dort, wo all die Jahre die Krippenfiguren gestanden hatten, blieb leer. Kein Jesuskind lag in der Krippe, kein Hirte schaute ehrfürchtig, die Könige knieten nicht vor dem neugeborenen Heiland. Aber die Kerzen leuchteten hell und Krügers feierten ihr Christfest.

»Kommt, Kinder, wir wissen auch ohne Krippe, dass Gott zur Welt gekommen ist, das weiß doch jedes Kind. Stimmt's, Wilhelm?« Mit diesen Worten hob der Vater Wilhelm auf seine Knie. Jetzt hatte Wilhelm eine gute Position. Er streckte sich und schaute einmal in die Runde: »Ich hab eine große Überraschung für euch!« Mit diesen Worten griff er in den Leinenbeutel, den er schon seit dem Heiligabendgottesdienst trug und um den er ein großes Geheimnis gemacht hatte. In seinen Händen hielt er zwei kleine Zeitungspapierpäckchen. »Für euch alle«, sagte er und reichte Johanna und Paul je eins zum Auspacken. Die ganze Familie schaute gespannt auf die Päckchen, die die beiden vorsichtig auswickelten.

»Wilhelm, wie hast du das denn geschafft?!« Johanna hielt in ihrer Hand den kleinen Hirtenjungen der verkauften Krippe, und in Pauls Hand lag ein Schaf.

Ja, wie hatte Wilhelm das damals gemacht? Eigentlich war es ganz einfach gewesen, den Hirtenjungen und das Schäfchen aus dem Karton zu schmuggeln, als Mutter schnell ein Taschentuch holte. Schwierig war es nur, ein gutes Versteck für die beiden zu finden. Aber kleine Brüder sind manchmal ganz schön pfiffig.

Ein Strohstern in feiner Umgebung (1910)

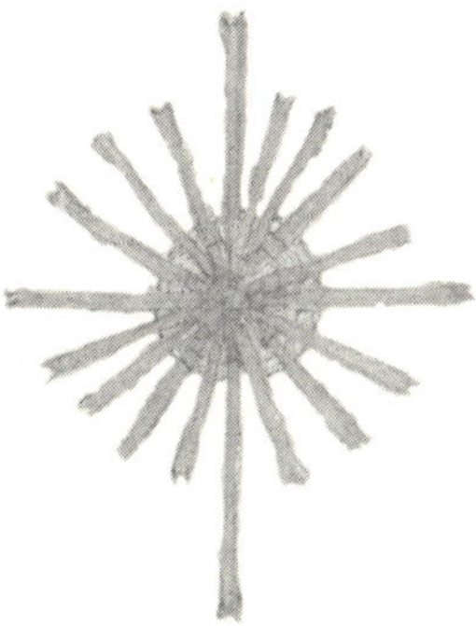

Wenn Lene sich unbeobachtet fühlte, konnte sie es nicht lassen, immer mal wieder ihre Finger über die prächtigen Dinge fahren zu lassen, mit denen das große Hotel Adlon sich schmückte. So wie jetzt. Behutsam streichelte sie die Wand der großen Hotelsuite, die sie heute Morgen herrichten sollte. Stoff, echter, feinster Stoff war auf die Wände gespannt. Sie schimmerten in einem seidenmatten Glanz. Obwohl Lene schon seit ihrem vierzehnten Geburtstag als Zimmermädchen in dem berühmten Hotel in der großen Stadt Berlin arbeitete – und immerhin waren das schon zwei Monate –, konnte sie sich an dieser Pracht nicht satt sehen. Und diese Teppiche! Lene hob ihre weiße, gestärkte Schürze und das schwarze Kleid an und kniete sich auf den schweren Teppich. Ihre Hände kämmten durch die dichten Wollfäden. Sie dachte an die einfachen Holzdielen und die gekalkten Wände der Wohnstube zu Hause bei ihren Eltern in Brandenburg, draußen vor den Toren Berlins.

»Was treibst du da eigentlich?« Erschrocken fuhr Lene hoch und sah sich in dem großen Raum um. Aber zu dieser Stimme schien kein Mensch zu gehören.

»Na, komm schon, such mich!« Nun klang die Stimme gedämpft aus Richtung des riesigen Bettes, auf dem sich ein Durcheinander vieler Decken türmte. Lene wusste sich keinen Rat. Natürlich war ihr nun klar, dass sich ein Mädchen unter dem Deckenberg versteckt hielt. Aber sie war beschämt, bei dem törichten Streicheln von Wänden und Böden ertappt worden zu sein, und außerdem war es den Zimmermädchen strengstens verboten, in die Zimmer zu gehen, wenn sich dort Gäste aufhielten.

»Ach, du Spielverderberin!« Aus dem Bett sprang ein dünnes langes Mädchen mit zerzaustem Haar und dem schönsten Nachthemd, das Lene je gesehen hatte. Sie wirbelte um Lene herum, erfasste ihre Hand und zog sie zu der Polstergruppe.

»Komm, frühstück' mit mir. Ich bin Auguste. Auguste Lucchini. Genau, die Tochter von *der* berühmten Opernsängerin Rosa Lucchini. Lalalala!« Auguste redete wie ein Wasserfall und ahmte die Stimme ihrer berühmten Mutter nach. Sie ließ sich auf den Sessel plumpsen, schwang die Beine über die Sessellehne und wippte die nackten Füße hin und her.

Lene wäre am liebsten im Erdboden versunken. Wenn Frau von Karow, die Hausdame, sie hier sehen würde! Nicht auszudenken! Auguste unterbrach Lenes ängstliche Gedanken: »Sag mal, hast du einen Stock verschluckt oder bist du stumm? Nun sag schon, wie heißt du?«

Lene räusperte sich: »Ich heiße Lene Küritz und bin verantwortlich für das Herrichten Ihrer Suite und bitte vielmals um Entschuldigung, dass ich Sie gestört habe. Aber Sie hatten mein Klopfen nicht bemerkt. Wenn Sie so weit sind, können Sie mich rufen.« Lene drehte sich um und wollte zur Tür hinaus.

»Moment, so schnell verschwindest du hier nicht.« Auguste sprang von ihrem Sessel hoch und versperrte Lene den Weg.

Wie kann sich ein reiches Mädchen nur so benehmen wie der wildeste Junge aus meinem Dorf? Sie ist doch bestimmt schon zwölf Jahre!, wunderte sich Lene.

Auguste lehnte sich an die Tür, verschränkte ihre Arme und sagte: »Also Lene, was machst du am 24. 12. abends? Also, du weißt schon, morgen, wenn alle Welt Heiligabend feiert. Ich will mit dir feiern. Du bist allein und ich bin allein. Das passt doch bestens.«

Lene starrte Auguste ungläubig an. Was wollte dieses wilde Mädchen von ihr? Und woher wusste sie, dass Lene wirklich am Heiligabend arbeiten musste und am nächsten Tag auch und lange noch nicht nach Hause durfte? Und dass sie gar nicht daran denken mochte, dass morgen ihre Mutter und ihr Vater und ihre drei Brüder ohne sie das Fest feiern würden? Und überhaupt, wieso war Auguste auch allein? Was war mit ihrer Mutter?

Als wenn Auguste Gedanken lesen konnte, sprudelte sie wieder los: »Ich merk schon, da wunderst du dich. Das Fragezeichen steht in deinem Gesicht. Ja, so ist das mit den berühmten Leuten. Die haben immer was vor. Sie sind zwar reich, aber haben nie Zeit, am wenigstens für ihre Kinder.« Und plötzlich legte Auguste ihre Hand auf Lenes Arm und bat sie eindringlich: »Bitte, Lene, komm morgen Abend zu mir! Ich habe schon mit deiner Hausdame, der Frau von Karow, gesprochen. Die hat mir erlaubt, dich zu fragen.«

Als am nächsten Abend Lene zaghaft an die Tür klopfte, wurde sie von Auguste stürmisch geöffnet. Licht von vielen Kerzen erleuchtete den Raum und der Tisch war mit wunderbaren Speisen und Getränken gedeckt.

»Fröhliche Weihnachten, Auguste! Ich habe nur leider kein richtiges Geschenk dabei.« Lenes Stimme klang noch schüchtern und sie reichte Auguste einen selbst gemachten Strohstern.

»Fröhliche Weihnachten, Lene! Ich bin so froh, dass du da bist!«

An diesem Abend vergaßen die beiden Mädchen, wie allein sie sich in der letzten Zeit gefühlt hatten. Und während sich Lene satt aß an Speisen, von denen sie bisher noch nicht einmal geträumt hatte, hörte sich Auguste satt an Lenes Weihnachtsgeschichten. In ihren Gedanken reisten die beiden in Lenes Dorf. Sie gingen in den Heiligabendgottesdienst, sie hörten die Geschichte von dem Kind in der Krippe, und der Strohstern begann zu leuchten.

Der Engel und der Bergmann (1859)

»Du musst jetzt los, Paul!« Mühsam erhob sich Susanne und reichte ihrem Mann einen Henkeltopf mit Sauerkraut und gestampften Kartoffeln und eine Metallflasche mit stark gesüßtem Kaffee.

»Wenn du nach dem Steiger in den Stollen kommst, gibt es doch Ärger.« Aber Paul stand unschlüssig im Zimmer. Seine Frau umarmte ihn. Ihr Bauch wölbte sich mächtig unter ihrem bodenlangen Nachthemd.

»Ich kann dich jetzt nicht allein lassen. Ich habe doch gemerkt, wie unruhig du geschlafen hast.«

»Nein, Paul, bestimmt dauert es noch ganz lange, bis die Wehen stärker werden. Beim ersten Kind kann ein ganzer Tag vergehen. Geh in den Berg, Paul. Wir können nicht auf den Lohn verzichten.« Susanne versuchte ihren Mann zuversichtlich anzulächeln. »Lauf schon los! Klopf auf dem Weg bei der Hebamme an. Sag ihr, dass sie kommen soll. Ich leg mich ein wenig hin.« Susanne ging zur Haustür und machte sie weit auf. Paul blieb nichts anderes übrig, als sich schnell anzuziehen und seiner Frau einen Abschiedskuss zu geben. »Gott segne dich. Glück auf!« Wie jeden Morgen flüsterte es Susanne ihrem Paul ins Ohr. »Gott segne euch«, erwiderte ihr Mann und trat in den kalten dunklen Morgen. Jetzt durfte er wirklich keine Zeit mehr verlieren. Der Weg zur Grube führte ihn durch das ganze Dorf. Unter seinen schnellen Schritten knirschte der feste Schnee.

Ein Glück! Aus dem Schornstein des Hauses, in dem die Hebamme wohnte, kam schon Rauch. Paul klopfte stürmisch und trat durch die unverschlossene Tür ein.

Als die ältere Frau Paul ins Zimmer stürzen sah, griff sie sofort nach ihrem Mantel. »Guten Morgen, Paul. Geht's los?« Ganz außer Atem nickte Paul nur und drehte sich auf dem Absatz um: »Danke, Anne!« Schon verschwand er wieder in der Dunkelheit.

Das Bergwerk war nur noch wenige Minuten entfernt. Pauls Blick fiel auf das Fenster von Hähnels. In der Adventszeit bewunderte er jeden Morgen die Parade der Engel und Bergmänner, die Otto Hähnel geschnitzt, bemalt und im Fenster aufgestellt hatte. Drei Engel und drei Bergmänner, die auf ihren ausgestreckten Armen Kerzen trugen, leuchteten dort. Jeder Engel stand für eine seiner drei Töchter und jeder Bergmann für einen seiner drei Söhne. Dort bei Lichtenbergs standen zwei Bergmänner. Lichtenbergs hatten zwei Söhne.

Im letzten Winter hatte Paul für seine Frau einen Engel und einen Bergmann geschnitzt und ihr beide zum Christfest geschenkt. »Vielleicht können wir ja schon in der nächsten Adventszeit einen von beiden aufstellen.« Und nun sollte es so weit sein. Paul konnte es nicht erwarten, endlich eine der beiden Figuren aufzustellen. Wie glücklich wäre er, wenn ihn demnächst am Abend nach der schweren Arbeit in der Grube solch ein Kerzenlicht begrüßte!

Jetzt sah Paul den erleuchteten Stolleneingang vor sich. So sah das sonst so düstere Loch nur in der Adventszeit aus. Am Morgen hängte jeder der Bergmänner sein zweites Grubenlicht am Eingang auf, der dann so leuchtete, als würde er den Weg zu einer prächtigen Schatzkammer weisen. Doch in Wirklichkeit rutschte Paul auch an diesem Morgen mit den anderen auf seinem Hosenleder eine lange Holzrutsche in den dunklen nassen Berg hinab, in den die Männer lange Stollen getrieben hatten. Paul konnte sich nur gebückt vorwärts bewegen, bis er das Streckenstück erreichte, das er gerade bearbeitete. Stunde um Stunde behaute er mit seinem Werkzeug die Stollenwand und brach große und kleine Brocken heraus, in denen sich Eisenerz befand. Schon bald war er nass geschwitzt. Mit seinen Gedanken war er heute nicht bei der Arbeit. Wie geht es Susanne nur?, fragte er sich ängstlich. In seinem Kopf drehte sich alles. Er sah seine Frau, dann erschien ihm das winzige Gesicht eines Neugeborenen. Jetzt leuchtete vor seinen Augen der Bergmann im Fenster. Oder war es doch der Engel?

»Paul!« Aus der Ferne rief jemand. »Paul, komm schnell hoch!«

Paul warf achtlos sein Werkzeug hin, griff seine Grubenleuchte und hetzte gebückt zu den Holzstiegen, die ihn zum Stolleneingang führten. Dort stand der Steiger. »Lauf schnell nach Hause, Paul. Dein Neffe war da und hat gesagt, dass die Hebamme nach dir ruft.«

»Hat er gesagt, ob das Kind da ist?« Erwartungsvoll leuchtete Paul in das Gesicht des Steigers. »Nein, Paul, davon hat er nichts gesagt.« Schnell wandte sich der Mann ab.

Wie blind stolperte Paul die steilen Holzstufen hinauf. Was hatte das bloß zu bedeuten?

Paul rannte den Weg nach Hause, es dämmerte schon wieder und in den Fenstern der Bergarbeiterhäuser sah Paul die ersten Bergmänner und Engel leuchten. Keuchend lief er die letzten Meter, bis sein Blick auf das Fenster seines eigenen Häuschens fiel. Was hatte das denn zu bedeuten? Paul spürte, wie seine Knie zitterten. Langsam drückte er die Haustür auf, trat durch den kleinen Windfang und stand schon mitten in der Stube.

Am Ofen stand Susannes Bett. Sie saß aufrecht an einige Kissen gelehnt, daneben die Hebamme. Keiner sagte ein Wort. Paul ging die wenigen Schritte zum Bett. Susannes Gesicht war noch immer blass, aber ihre Augen leuchteten und in ihren Armen hielt sie ... Noch einmal schaute Paul zum Fenster. Dort standen der Bergmann *und* der Engel. Paul schaute seine Frau an, dann guckte er auf das Bündel in ihrem linken Arm und dann auf das Bündel in ihrem rechten Arm.

Susanne war die erste, die sprach: »Gut, dass du mir im letzten Jahr einen Engel und einen Bergmann geschenkt hast.«

Die Tradition der Bergmänner und Engel ist im Erzgebirge beheimatet. Seit dem 18. Jahrhundert werden dort die inzwischen weltberühmten Weihnachtsfiguren gedrechselt und geschnitzt.

Die Schule fällt aus (1843)

Heinrich öffnete seine Augen. Eng schmiegte sich der warme Körper seines kleinen Bruders Karl an ihn. Käthe lag quer am Fußende des Bettes, zusammengerollt wie eine Katze. Das einfache Bettgestell mit dem Strohsack für die Kinder, das Bett der Eltern und eine kleine Truhe füllten die winzige Schlafkammer aus.

In der Dunkelheit des frühen Dezembermorgens konnte er seinen Atem nicht sehen, aber Heinrich ahnte, dass die Kälte, die in dem engen Raum herrschte, ihn sichtbar machen würde. Vor dem kleinen Haus der Weberfamilie türmten sich hohe Schneeberge.

Mit der Hand tastete er nach der Stirn seines Bruders. Heinrich war erleichtert. Das Fieber schien gesunken zu sein.

»Bitte, gnädiger Gott, schenk Karl seine Gesundheit wieder. Er ist doch so schwach.« Leise flüsterte Heinrich sein Gebet in die Schlafkammer hinein.

»Ich bin wieder gesund. Heute werde ich wieder am kleinen Webstuhl sitzen.« Der fünfjährige Karl hatte das Morgengebet seines Bruders gehört.

Leise huschte Heinrich aus dem Bett, schlüpfte in seine Hose und seine Holzpantinen. Er streichelte Karls Kopf: »Bleib noch ein bisschen liegen.« Aber Heinrich wusste: Wenn sich Karl auch nur einigermaßen auf den Beinen halten konnte, musste er heute wieder in der Stube mit der ganzen Familie arbeiten. Jede Hand wurde gebraucht. Nächste Woche würde eine neue Lieferung Garnrollen kommen, die alle zu Stoffen gewebt werden mussten. Und die alte Lieferung war noch nicht fertig verarbeitet!

Heinrich mochte gar nicht daran denken, wie sie das alles schaffen sollten. Vater und Mutter schufteten bis spät in die Nacht hinein und die drei Kinder taten's ihnen fast gleich.

In diesem Monat war Heinrich zwölf Jahre alt geworden. Die letzten Jahre war er jedes Jahr ein paar Monate zur Schule gegangen.

Der alte Lehrer Knorr war ein freundlicher Mann. In dem einzigen Schulraum der Dorfschule fand sich morgens immer ein bunter Haufen Jungen und Mädchen ein. Die einen waren erst sieben, die anderen schon dreizehn Jahre alt. Aber Schulmeister Knorr schaffte es, jedem Kind das beizubringen, was es begreifen konnte. Und das war manchmal nicht viel. Denn wie schwer ist es zu lernen, wenn man nur einen Tag in der Woche zur Schule geht und sonst immer zu Hause am Webstuhl sitzt. Oder wenn in den Sommermonaten jede Hand im Stall oder auf dem Acker gebraucht wurde.

In den letzten Jahren hatten es Heinrichs Eltern möglich gemacht, dass ihr Ältester wenigstens zur Winterzeit ein paar Monate zur Schule gehen konnte. Aber in diesem Jahr nahm Heinrichs Vater, als der Herbst zu Ende ging, seinen großen Sohn zur Seite und sagte ihm, dass sie nicht einen Tag auf seine Arbeitszeit verzichten könnten.

Traurig machte sich Heinrich ein paar Tage später zur Mittagszeit zum kleinen Dorfschulhaus auf. Als die letzten Kinder die Schule verlassen hatten, betrat er das Klassenzimmer. Er atmete die verbrauchte Luft ein – so roch es nur hier. Heinrich liebte diesen Geruch. Wie ihm auch das Scharren der abgetretenen Schuhe auf dem Schulfußboden und das Quietschen der Griffel auf den Schiefertafeln gefiel.

Herr Knorr war gerade damit beschäftigt, einen Stapel Bücher zu ordnen, als er seinen Schüler erblickte.

»Heinrich, wie schön, dass du mich mal besuchst! Der Winter kommt. Bist du auch bald wieder bei uns in der Schule?«

Traurig schüttelte Heinrich den Kopf: »Der Vater lässt grüßen. Aber das Geld reicht vorne und hinten nicht. Fast hätten wir die Pacht für die Wiese und das Gemüseland nicht zahlen können. Der Tuchverleger zahlt immer weniger. Er sagt, die Maschinen in England sind alle schneller als die flinkesten Hände der Weber. Nein, ich kann nicht zur Schule kommen.«

Der alte Schulmeister sah den Jungen betrübt an: »Dem Himmel sei's geklagt! Was sind das für Zeiten, in denen die fleißigen Hände der Eltern noch nicht einmal die Kinder satt machen! Und du bist so ein schlauer Kopf!« Herr Knorr hatte an seinem Pult Platz genommen und schwieg. Er hatte großen Gefallen an dem aufgeweckten Jungen, der mit hängendem Kopf vor ihm stand und seine Mütze verlegen in den Händen drehte.

»Und wie hält's der Vater mit der Sonntagsruhe? Ich sehe euch doch häufig am Sonntag im Gottesdienst.«

»Am Sonntag ruht alle Arbeit.«

»Dann frag deinen Vater, ob du sonntags nach der Kirche zu mir ins Schulhaus kommen darfst.«

So kam es, dass Heinrich jeden Sonntag nach dem Kirchgang zum Schulmeister Knorr in die Stube ging. Zuerst bekam er eine kräftige, warme Suppe mit einem dicken Stück Brot vorgesetzt. Dann holte der alte Mann Feder und Tintenfass, ein Rechen- und ein Schreibheft aus der Schublade und sagte immer den gleichen Satz: »So, mein Junge, gearbeitet hast du die ganze Woche. Jetzt tust du etwas Gutes nur für dich.«

Wenn Heinrich genug gerechnet und geschrieben hatte, legte sich der Lehrer seine dicke abgegriffene Bibel auf den Schoß, schlug sie auf und las und erzählte Geschichten von Gott und den Menschen. Heinrich versank in die Welt, die der Lehrer ihm vor die Augen malte. Konnte es etwas Schöneres geben, als zur Schule zu gehen?

Der erste Adventskranz (1839)

Johann hielt seinen Kopf gesenkt und drückte sich am Rahmen der großen Saaltür vorbei. Nur jetzt nicht in die Augen von Pastor Wichern sehen müssen, dachte er. Der Pastor stand an der Tür und nickte den hereinströmenden Jungen freundlich zu, die sich wie jeden Morgen lärmend und polternd auf die langen Holzbänke des großen Betsaales verteilten.

»Guten Morgen, Johann. Komm doch mal zu mir.«

Johann erschrak. Mit einiger Mühe schob er sich die zwei Meter durch die Jungenhorde durch, bis er vor Pastor Wichern stand. »Nun, mein Junge, ich hoffe, du hattest eine gute, warme Nacht in deinem Schlafsaal.«

Johann nickte und blickte immer noch angestrengt auf seine Schuhspitzen. »Und wie ich sehe, hat Frau Hansen dir gestern noch ein warmes Bad verpasst.«

Pastor Wichern hielt mit der Hand Johanns Kinn umfasst und hob dessen Kopf zu sich hoch. Nun sprach er mit leiser Stimme weiter: »Ich freue mich, dass du wieder bei uns bist. Du gehörst doch zu uns. Und heute bist du dran. Nun los, such dir einen Platz in der ersten Bankreihe.«

Mit eiligem Schritt lief Johann durch den großen Saal und quetschte sich zwischen Konrad und Heinrich auf die Bank.

Johanns Herz klopfte vor Aufregung bis zum Hals. Gleich würde er von Pastor Wichern nach vorn gerufen werden. Er stellte sich vor, wie ihn hundert Augenpaare anstarren würden. Ob sie alle wussten, was er angestellt hatte? Aber natürlich. Gestern hatte ihn eine große Schar neugieriger Jungen umringt, als der Pastor mit ihm den großen Vorraum des »Rauhen Hauses« betreten hatte.

»Na, du Ausreißer, hat dich der Hunger zurückgetrieben?« Carl hatte ihn bei diesen Worten in die Seite gepufft. Und sein Bettnachbar Ludwig hatte sich die Nase zugehalten: »Iiih, Johann, hast du bei den Schweinen gehaust?«

Nein, den anderen würde er nicht verraten, was er in den letzten Tagen erlebt hatte. Er wusste eigentlich selber nicht, warum er wieder zum großen Hamburger Hafen gelaufen war. Um sich herumzutreiben bei den großen Segelschiffen, die im Winter hier festlagen, und zu träumen, wie es wohl wäre, mit ihnen über die weiten Meere zu fahren? Allerdings hatte er vergessen gehabt, wie schnell sich Hunger und Kälte zu einem gesellen. Und dass Hunger und Kälte noch viel schlimmer sind, wenn man allein ist. Er hatte sich um die Hütten der Fischhändler geschlichen, im Abfall nach Essbarem gewühlt und in einer alten Kate zusammengekauert hinter alten Fischfässern, nur notdürftig bedeckt mit stinkenden Säcken, die Nächte verbracht. Und beim Einschlafen hatte er an die anderen gedacht, die jetzt im großen warmen Speisesaal eine reichliche Abendmahlzeit zu sich nahmen.

Zwei Nächte hatte er so verbracht, bis am Nachmittag des dritten Tages sich eine schwere Hand auf seine Schulter gelegt hatte: »Du bist doch gewiss hungrig, Johann.« Er hatte nicht hochsehen müssen, um zu wissen, wer mit ihm sprach. Pastor Wichern selber hatte ihn gesucht. Wortlos hatte er ihn an der Hand genommen und zu einem Bäcker geführt. »Geben Sie dem Jungen alles, was er sich wünscht.« Und Johann hatte gegessen und gegessen – bis er endlich satt war. Pastor Wichern hatte ihm dabei zugesehen und zum Schluss gemeint: »Nun, Johann, lass uns nach Hause zu den anderen gehen. Ich denke, es wäre wohl besser, dies hier bliebe unser Geheimnis.« Und dabei hatte er ihm freundlich zugezwinkert.

»Johann, Johann! Nun komm schon her!« Die kräftige Stimme von Pastor Wichern riss Johann aus seinen Erinnerungen. Er sprang auf und eilte nach vorn, erstieg die beiden Stufen des Podestes, auf dem Wichern in einem hohen Lehnstuhl an einem großen Tisch saß. Johann wusste, was ihn nun erwartete.

Pastor Wichern erhob sich, und die ganze Meute, die manchmal lärmen konnte wie in einem Tollhaus, war mucksmäuschenstill.

»Heute ist Johann unser Lichtbringer. Heute ist der 8. Dezember 1839 und auf unserem Adventswagenrad brennen schon sieben Kerzen. Jede neue Kerze bezeugt uns, dass der gütige Gott ein helles Licht zu uns geschickt hat. Sein Sohn Jesus Christus ist zu uns gekommen. – Hier Johann, du entzündest heute das achte Licht.«

Pastor Wichern reichte Johann eine lange Kerze. Mit zitternden Knien ging dieser das Podest hinunter, die Kerze fest umfasst. In der Nähe der Orgel war ein großes Wagenrad aufgehängt, auf dem 24 Kerzen angebracht waren. Sieben Kerzen verbreiteten ein warmes Licht. Johann stieg auf einen Stuhl und entzündete die achte.

Zurück auf seinem Bankplatz flüsterte ihm Konrad ins Ohr: »Und ich dachte schon, jetzt erwischt dich das große Donnerwetter. Aber im Advent donnert's wohl nicht.«

1839 hängte Pastor Wichern, Gründer des »Rauhen Hauses«, einer Einrichtung für obdachlose und verwahrloste Jungen in Hamburg, den ersten Adventskranz auf. Es war ein Wagenrad, auf dem 19 kleine und 4 große Kerzen angebracht waren. Später wurde das Wagenrad mit Tannenzweigen geschmückt. Dieser Adventskranz ist der Vorläufer unseres Adventskranzes mit seinen vier Kerzen.

Was hat Mathematik mit dem Weihnachtsstern zu tun? (1821)

»Mein lieber Junge,

ich hoffe sehr, dass du bei guter Gesundheit bist, wenn dich mein Brief erreicht. Sicher wird er wieder gute vier Monate auf hoher See im dicken Schiffsbauch verbringen, ehe du ihn in Händen hältst. Nun sind schon der Frühling und der Sommer vergangen, seit du uns hier in Indien verlassen musstest, um die höhere Schule im fernen Deutschland zu besuchen.

Mein lieber Johannes, meine Gebete und meine Gedanken gehen jeden Tag zu dir. Vater und ich reden viel über dich. Wir vermissen dich sehr. Aber unser Herz wird leichter, wenn wir daran denken, mit wie vielen anderen Jungen, deren Eltern in der weiten Welt sind, du im Internat bist und dass die Brüder gut für euch sorgen.

Bestimmt bist du schon wieder ein Stück gewachsen. Bald wird es Winter bei euch in der Lausitz. Zum ersten Mal in deinem Leben wirst du Schnee in deinen Händen halten und an den Scheiben in deinem Schlafsaal werden Eisblumen wachsen. Du wirst staunen, wie der Schnee die Äcker und Häuser, die Wälder und Hügel in eine wunderbare Winterlandschaft verzaubert.

Aber mein lieber Junge, pass gut auf dich auf. Schütze dich vor der Kälte, denk daran, deine wollene Unterwäsche anzuziehen, die . . .«

»Guten Morgen, Hannes!« Amadeus knallte seinen Lederranzen auf das Schülerpult, versetzte Johannes eine derbe Kopfnuss und spottete:

»Lieber nicht an Mutter denken
und den Sinn auf Mathe lenken!«

Dabei riss er den Briefbogen aus Johannes Hand: »Den kannst du doch bald im Schlaf auswendig hersagen.«

Amadeus hatte Recht. Seit der Hausvater gestern Johannes den Brief seiner Mutter gegeben hatte, hatte er ihn wieder und wieder in jeder freien Minute gelesen, und jeder Satz schmerzte in seiner Brust. Gestern Abend hatte er sich in seinem Bett zur Wand gedreht und sich in den Schlaf geweint. Wenigstens vier Jahre würde es noch dauern, bis seine Eltern ihren Dienst als Missionare in Indien beendeten. Bis dahin konnten nur Briefe hin und hergehen. Und ob nach dieser Zeit wirklich wieder alle gesund zusammenfinden würden?

»Er kommt!«, rief Wilhelm in den Klassenraum hinein und vierzig Jungen sprangen von ihren Sitzen hoch, um den Mathematiklehrer, Herrn Knapp, zu begrüßen. Der war heute schwer beladen. Unter seinem Arm trug er eine schwarze Papprolle und in einer Kiste waren rotes und weißes gestärktes Papier, Papiermesser und Papierleim.

Schweigend packte er all die mitgebrachten Dinge aus, stellte sich vor sein Pult und schaute seine Schüler an: »Meine Herren, ich habe eine Frage: Wer kann mir sagen, was der Stern von Bethlehem mit unserem Mathematikunterricht zu tun hat?«

Dieses Rätsel löste sich für die Jungen an diesem Morgen und an den darauf folgenden Tagen, während sie eifrig rechneten, Dreiecke und Quadrate zeichneten, schwarze Pappe zuschnitten und weißes und rotes Papier klebten.

Eine Woche später schrieb Johannes:

»Liebe Mutter und lieber Vater, liebe Clara und lieber Ludwig!

Habt recht herzlichen Dank für euren lieben Brief. Seid gewiss, mir geht es gut hier in Niesky. Ich friere nicht und heute haben wir etwas Wunderschönes bei Herrn Knapp im Mathematikunterricht gemacht. Es ist so schön, dass ich Herrn Knapp gebeten habe, es für euch machen zu dürfen. Nun könnt ihr das Päckchen öffnen, das ich euch mitgeschickt habe. Dort findet ihr 26 geklebte Sternzacken. Verbindet sie so mit den Drahtklammern, wie ich es euch auf der Zeichnung aufgemalt habe. Ihr werdet staunen, welch ein prächtiger Stern dann entsteht. Ich weiß, die Weihnachtszeit wird lange vorbei sein, ehe euch meine Post erreicht. Aber ich bitte euch, hängt den Stern im Wohnraum an die Decke und bringt ihn mit einer kleinen Öllampe zum

Leuchten. Und wenn er im Dunkeln hell scheint, weiß ich, dass ihr an mich denkt. Euer euch liebender Johannes.«

1821 wurde in der »Knabenanstalt Niesky«, in der die Söhne von Missionaren der Herrnhuter Mission unterrichtet wurden, im Mathematikunterricht erstmalig der berühmte »Herrnhuter Stern« gebastelt. Seitdem ist er millionenfach in alle Welt verschickt worden.

Abgestürzt (1750)

»Hans, kannst du auch ganz sicher alle fünfzehn Strophen von ›Vom Himmel hoch, da komm ich her‹ auswendig?« Elisabeth stapfte neben ihrem Bruder her und der frische Schnee knirschte unter ihren Füßen. »Wenn du so in der Luft hängst, wird dir das Blut in den Kopf schießen, wer weiß, ob du dann überhaupt noch einen Ton herausbekommst.«

»Wenn du nicht sofort deinen Mund hältst, stopfe ich ihn dir mit Schnee«, erwiderte Hans und bückte sich schon. Aber seine Schwester hielt ihn am Arm fest. Sie sah ihn mit ängstlichem Blick an: »Willst du wirklich gleich fliegen?«

»Natürlich. Kirchendiener Rauchfuß wird mich gut festbinden und das Seil mit starkem Griff halten. Ich habe keine Angst, in dieser heiligen Nacht der Schwebeengel zu sein. Und ich weiß, welche Ehre es ist, dass mich Pfarrer Teubner für diesen Dienst ausgewählt hat. Komm, gehen wir.«

Die Geschwister stiegen den steilen Kirchberg hoch. Hinter den Fenstern der niedrigen Stadthäuser flackerten Kerzen. Hans und Elisabeth wechselten kein Wort mehr miteinander. Die Schwester hing ihren trüben Gedanken nach und der Bruder wollte seine Stimme schonen. Denn die sollte er gleich brauchen.

Lange vor den ersten Kirchgängern trafen die beiden in der Stadtkirche ein. Hans drückte die Portalklinke und öffnete die schwere Kirchentür. Vom Quietschen der Türangeln herbeigerufen eilte der Kirchendiener Rauchfuß zu den Kindern. In seiner Hand hielt er einen großen schmiedeeisernen Kerzenleuchter. Die Altarkerzen brannten schon, aber sonst herrschte in der großen Kirche noch dunkle Stille.

»Na, da haben wir ja unseren Schwebeengel. Nun husch ins Gewand, Junge. Ich hoffe, du hast nicht zu viel gegessen. Das Seil wird dir in der Luft ordentlich den Magen abdrücken. Nicht, dass es für die Leute unter dir zu einer besonderen Bescherung kommt. Mein Magen würde es heute jedenfalls nicht aushalten.« Der Kirchendiener rieb sich mit der Hand über den Bauch und stöhnte leise. »Mein Weib hat's zu gut heut' mit mir gemeint. Irgendetwas liegt bei mir quer. Ob's die Knödel sind oder die fette Gans?« Und wieder drückte er sich mit der Faust den Magen.

Der Kirchendiener hatte inzwischen das lange weiße Kleid über Hans' Kopf geworfen und ihm hineingeholfen. Eine goldgewirkte Kordel hielt das Engelgewand in der Mitte zusammen.

Alle drei gingen nun auf die Empore, wo die weiteren Vorbereitungen getroffen wurden.

Der Gottesdienst begann. Die Kerzenleuchtergehänge und die Fackeln an den Kirchenbänken erhellten die

Kirche mit einem warmen Licht. Das ganze Städtchen hatte sich zum Gottesdienst versammelt. Die Menschen standen sogar in den Gängen und hockten auf den Stufen des Altarraums.

Elisabeth saß in der ersten Reihe neben den Eltern. Nun erscholl das Orgelvorspiel zu dem Lied »Vom Himmel hoch, da komm ich her«. Gebannt schauten Hunderte von Augenpaaren nach oben.

»Schaut, da kommt unser Hansel.« Mutter flüsterte es in Elisabeths Ohr. Und wirklich – eine glockenhelle Stimme füllte die große Kirche. Hans hing an einem Seil, das um seinen Leib und unter seinen Armen entlanglief, und sang mit klarer Stimme, während er als Engelgestalt langsam herunterschwebte. Verdeckt von der Kanzel stand Kirchendiener Rauchfuß und stemmte sich mit aller Kraft gegen das Gewicht des Jungen. In seinen Händen hielt er das Seil, an dem Hans hing und das durch einen großen Deckenhaken und einen einfachen Flaschenzug lief. Stück für Stück schwebte Hans so immer tiefer. Die Orgel spielte leise und Hans' Stimme blieb fest. Seine Arme hielt er ausgebreitet. Und wirklich, zum ersten Mal hatte Elisabeth das Gefühl, einen Engel zum Bruder zu haben.

Hans war bei der siebten Strophe angekommen. War schon die Hälfte der Strecke geschafft? Sicherlich hing der Engel noch vier Meter hoch. Elisabeth blickte zu Rauchfuß. Schweißperlen standen ihm auf der Stirn. Warf die Kerze flackernde Schatten auf sein Gesicht oder war es wirklich von so ungesunder Farbe. Elisabeth konnte ihren Blick nicht vom Kirchendiener lassen. Was war mit dem Mann? Warum drückte er das Kinn auf die Brust? Und hatte Elisabeth ihn nicht gerade stöhnen gehört? Jetzt war es ihr, als hielte er nicht das Seil, sondern als klammerte er sich selbst am Seil fest.

Elisabeth schrie auf und stürzte zur Kanzel. Sie bekam das Seil zu fassen, gerade als Rauchfuß mit einem dumpfen Schlag ohnmächtig zu Boden fiel.

Elisabeth spürte einen brennenden Schmerz in den Händen, als das Seil zu schnell durch ihre Finger glitt. Und wenig später hörte sie den Aufschrei, der durch die Gemeinde ging. Dann herrschte Totenstille in der Kirche.

Mutter war die Erste, die bei Hans war. Er war auf dem Stroh gelandet, das um die Krippe verstreut lag. Er hob seinen Kopf, und wenigstens in den ersten Bankreihen war seine Stimme zu hören:

»Ich glaub, ich hab noch nicht fertig gesungen.«

Die hier beschriebene Sitte wurde im sächsischen Crimmitschau so lange beibehalten, bis einmal der Strick riss.

Der verlorene Weihnachtstaler (1700)

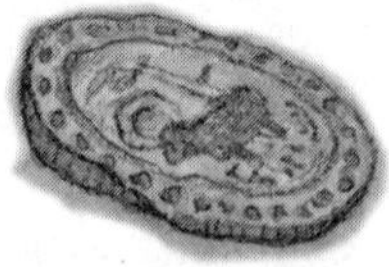

Anna eilte zum Marktplatz an der großen Klosterkirche. Immer wieder übersprang sie eine Pfütze aus Schneematsch und stinkendem Abwasser. Menschen mit gefüllten Körben und Kiepen kamen ihr entgegen. Im Ohr hatte sie die strenge Stimme der Gastwirtsfrau: »Anna, zwei Stunden geb ich dir. Beim Glockenschlag Punkt sechs Uhr bist du wieder da. Beim Glockenschlag! Hast du verstanden?«

Anna arbeitete als Magd im Gasthaus »Zum goldenen Hahn«. Zwei Stunden hatte sie nun ganz für sich allein.

Mit der linken Hand fuhr sie in die Tasche ihres Wollrocks und umfasste den Taler, den sie vorsorglich in ihr Schneuztuch gewickelt hatte. Mit einer Hand wickelte sie die kostbare Münze aus dem Tuch und hielt sie dann in ihrer Faust fest umschlossen. Ein Taler! Ein ganzer Taler gehörte ihr allein! Wie viele schöne Dinge fielen ihr da ein, die sie sich für einen Taler kaufen könnte!

Auch ein Paar Schuhe, eine neue Schürze und Stoff für ein neues Kleid gehörten zu der Weihnachtsgabe, die die Wirtsleute jedes Jahr ihren Mägden überreichten.

Anna war in der Kirchgasse angekommen und sah die grauen Gemäuer der Klosterkirche vor sich. Es war kein erhabenes, stolzes Gebäude. Die Kirche glich eher einer Glucke, die unter ihren Flügeln auch noch die Räume des Spitals und des Armenhauses barg. Dort kümmerten sich Mönche um die Ärmsten der Armen.

Schließlich erreichte Anna den Marktplatz. Die Kirchtreppen und ein erster Marktstand mit Töpferwaren bildeten das Tor zum Weihnachtsmarkt, der zwei Wochen vor dem Fest aufgebaut worden war. Schnitzer, Töpfer, andere kleine Handwerker und Bauern aus den umliegenden Dörfern boten ihre Waren an. Auch ein Puppenspieler hatte eine kleine Bühne aufgebaut. In roh gezimmerten Bretterbuden standen die Verkäufer mit rot gefrorenen Nasen.

Die Zeit, die Anna blieb, war nur noch kurz. Aber sie ließ es sich nicht nehmen, die Treppen zur Kirche hinaufzueilen. Die Kirchentür war wie immer unverschlossen. Anna huschte in die dunkle Kirche und kniete sich in die letzte Bankreihe. Auch an anderen Tagen, wenn sie die aufgetragenen Einkäufe erledigte, nahm sie sich etwas Zeit in der alten Kirche, um allein zu sein. Allein mit Gott, so wie jetzt. Anna faltete ihre Hände, schloss die Augen und betete. Nur lag dieses Mal der Taler zwischen ihren gefalteten Händen.

Erst als sie aus der Kirche heraustrat, sah Anna, was die Mönche am Fuß der Treppe aufgebaut hatten – eine Weihnachtskrippe: Ein lebendiges Schaf kaute an seinem Futter und im Schutz von zwei großen Tannen stand eine Holzkrippe. Rechts und links waren Strohpuppen aufgestellt. Das sollten wohl Maria und Josef sein.

Anna beugte sich vorsichtig über den kleinen Holzzaun, der die aufgestellte Krippe schützte. Noch konnte sie nicht das Kind erkennen. Hatten die Mönche auch eine Strohpuppe in die Futterkrippe gelegt? Mit einer Hand stützte sich Anna auf den Zaun, beugte sich noch ein Stück weiter vor, um endlich eine fein geschnitzte und bemalte Holzfigur zu entdecken. Und da passierte das Missgeschick. War es der kleine Junge, der sich neben sie gestellt und sie angestubst hatte, oder war sie von selbst aus dem Gleichgewicht geraten? Beinahe wäre sie jedenfalls über den Zaun gefallen. Gerade rechtzeitig konnte sie sich mit der Hand, in der sie den Taler festhielt, an der Krippe abstützen. Im hohen Bogen flog das Geldstück durch die Luft und landete direkt auf dem Jesuskind.

Vor Schrecken starr sah Anna den Taler an. Was sollte sie nur tun? Einfach über den Zaun steigen, um sich ihr Geldstück wiederzuholen? Unmöglich! Jeder würde sie für eine Diebin halten.

Anna musste nachdenken. Langsam ging sie an den Weihnachtsmarktständen vorbei, vorbei an all den prächtigen Dingen. Honigkuchen- und Pfefferkuchenduft lag in der Luft. Aber alle Freude war in Anna erloschen. Nicht eine Kleinigkeit konnte sie kaufen ohne ihren Taler. Sie machte kehrt und lief zur Krippe zurück.

Eine kleine Menschentraube hatte sich vor dem Holzzaun versammelt. Gerade warf ein stattlich gekleideter Bürger eine Münze geradewegs in die Krippe. Und noch eine hinterher. Anna schaute auf das Jesuskind. Konnte es denn wahr sein? In der kurzen Zeit waren schon fünf, sechs Taler und kleinere Münzen in der Krippe gelandet. Welcher Taler gehörte nur ihr?

Ein Bauer vom benachbarten Stand gesellte sich zu der Gruppe. »Da will ich mich doch nicht lumpen lassen«, hörte Anna ihn sagen. Er griff in seinen Geldbeutel und warf ein Silberstück über den Zaun.

Warum legten die Menschen freiwillig Geld in die Krippe? Und wie sollte Anna je wieder zu ihrem Taler kommen? Verzweifelt schaute sie sich um. Da entdeckte sie einen der Mönche, der aus dem Armenhaus kam. Schnell lief sie zu ihm. Verwundert folgte er der aufgeregten Magd, die etwas erzählte von Geld in der Krippe, das er, der Mönch, retten solle.

Und wirklich – der alte Mönch staunte nicht schlecht, als er vor der Krippe stand: Große und kleine Silbermünzen lagen auf dem Jesuskind, wenige hatten ihr Ziel verfehlt und blinkten im Stroh. Eine Bürgersfrau wandte sich an den Mönch, der noch keine Worte fand, und lobte ihn: »Da habt ihr euch etwas Gutes ausgedacht für die Almosensammlung. Sicher könnt ihr das Geld gebrauchen für das Armenhaus und das Spital.«

Seit diesem Tag sprach man in dem Städtchen vom »Krippenwunder zur Weihnachtszeit«. An allen Tagen bis zum Christfest, auch in den Jahren danach, warfen die Menschen großzügig Almosen in die Krippe. Doch niemand hat je erfahren, ob Anna ihren Taler wiederbekam oder nicht.

Gut verkleidet (1650)

Langsam blätterte Kantor Seidelmeyer Seite um Seite des schwarz eingebundenen Heftes um. Als er am Ende angekommen war, warf er es mit einer verächtlichen Handbewegung vor sich auf sein Pult, erhob sich langsam von seinem Stuhl und ging mit bedächtigen Schritten auf Matthias zu. Bei ihm angekommen verschränkte er die Arme hinter dem Rücken und atmete hörbar durch:

»So, so . . .« Seidelmeyer schwieg wieder und sah den verängstigten Jungen streng an.

»Nun hau mir schon eine runter«, dachte Matthias, »oder nimm deinen Rohrstock, leg mich über den Tisch und zisch mir eine.«

Aber der Kantor sprach nur mit leiser, fast gepresster Stimme: »Das nennst du nun eine fertige Arbeit? Das nennst du ein Noten- und Texteheft, das eines Kurrendechorjungen würdig ist? Und wo sind die Verzierungen und Bilder? Oder hältst du das Geschmiere in deinem Heft für eine ordentliche Arbeit?« Mit einem Ruck drehte sich Seidelmeyer um, eilte zu seinem Pult, nahm Matthias' Heft, zerriss es mit zwei schnellen Bewegungen, öffnete die Ofentür und warf die Papierfetzen hinein. Sekunden später flammte die Glut hell auf und ließ das Gesicht des zornigen Kantors nur noch Furcht erregender aussehen.

Dieser schloss die schwere Ofentür und drehte sich zu der Gruppe von zwanzig Jungen um, die sich im Hauptraum der Lateinschule versammelt hatte.

Die Jungen konnten es kaum erwarten, als Kurrendesänger in der Adventszeit durch die Stadt zu ziehen, aber die Übungsstunden mit dem Kantor waren ihnen ein Graus. Die Jungen mussten in den letzten Probenwochen zu Hause die Noten und Texte der Weihnachtslieder in ein eigenes Heft übertragen und verzieren. Gestern Abend hatte Matthias bei Kerzenschein bis tief in die Nacht sein Bestes versucht. Und nun brannte seine Arbeit im Ofen.

»Beim nächsten Mal zeigst du mir dein Heft oder du kannst gleich zu Hause bleiben.« Mit diesen Worten schickte Seidelmeyer ihn heim.

Schnell lief der Junge durch die Stadt, die noch voll geschäftigen Treibens war. Pferdekarren wurden mit lautem Geschimpfe der Kutscher vorangetrieben, in den Ecken standen Bettler. Gerade noch rechtzeitig konnte Matthias einer Kübelladung Abfall ausweichen, die eine Frau aus einem der oberen Stockwerke auf die Straße kippte. Außer Atem erreichte er sein Zuhause. Sein Vater war Tuchhändler und seit einiger Zeit auf einer Handelsreise. Matthias war froh, ihm jetzt nicht unter die Augen treten zu müssen.

»Hoffentlich ist Barbara da. Sie wird mir in meiner Not helfen.« Laut rief Matthias nach seiner Schwester. Er fand sie vertieft in einer Stickerei. Barbara war in allem geschickt. Sie konnte sticken, spinnen und Strümpfe stopfen, feine Zeichenarbeiten anfertigen und für das väterliche Geschäft in bester Handschrift Rechnungen schreiben. Und das war Matthias' große Hoffnung.

»Du musst mir helfen. Bitte, Barbara, bitte zeichne und schreibe du mein Kurrendeheft! Du bekommst auch eine besondere Belohnung.«

Barbara hatte ihre Stickerei zur Seite gelegt und stand nun neben ihrem Bruder. Obwohl Matthias anderthalb Jahre älter war als seine Schwester, waren sie doch fast gleich groß und ähnelten einander sehr.

»Ich glaube, ich kann dir helfen, aber nur unter einer Bedingung: Einmal in dieser Adventszeit lässt du mich in deinen schwarzen Kurrendemantel schlüpfen und ich wandere mit den anderen Jungen singend von Haus zu Haus. Kein Mensch wird merken, dass wir getauscht haben.« Barbara sah bei diesen Worten ihren Bruder herausfordernd an.

»Du bist ja verrückt, Barbara! Du bist doch ein Mädchen, und stell dir vor, der Kantor erwischt dich!« Matthias schüttelt energisch den Kopf.

»Na gut, war ja nur ein Gedanke von mir.« Die Schwester griff wieder zu ihrer Stickerei. »Dann mal eben hübsch dein Kurrendeheft selbst.«

Nun wusste Matthias, dass er keine andere Wahl hatte, als dem verwegenen Vorschlag seiner Schwester zuzustimmen.

So kam es, dass zwei Wochen später ein gut vermummter Kurrendesänger das Haus des Tuchhändlers verließ und einen zitternden Matthias zurückließ. Eigentlich war ja dieser Sänger eine Sängerin. Aber das wusste Barbara gut zu verbergen. Das Haar trug sie hochgeknotet und fest unter dem tiefen schwarzen Hut verborgen. Der schwarze Mantelumhang schloß dicht unter dem Kinn. In der linken Hand trug sie eine Fackel, in der rechten hielt sie das Kurrendeheft, für das Matthias von dem Kantor sehr gelobt worden war.

Aufgeregt nahm Matthias drei Stunden später eine übermütig lachende Schwester in Empfang. »Stell dir vor, ich bin mit den anderen durch die halbe Stadt gezogen. Wir haben vor so vielen Häusern gesungen und es hat doch wirklich kein Mensch gemerkt! Es war wunderbar! Eigentlich müsste ich dem Seidelmeyer danken, dass er dein Heft in den Ofen geworfen hat.«

Das sah Matthias zwar etwas anders, aber er freute sich trotzdem mit seiner Schwester.

Viele Jahrhunderte gab es die Tradition der Kurrendesänger: Schwarz gekleidete Jungen zogen in der Adventszeit durch die Orte und sangen ein- und mehrstimmige Advents- und Weihnachtslieder.

»Von der Mutter die Äpfel, von dem Vater das Lied« (1535)

Katharina von Bora war die Frau des berühmtesten Mannes im ganzen deutschen Land. Von Nord nach Süd, von Ost nach West – überall hatte man von ihm gehört. Nur der Kaiser war bekannter als Martin Luther.

Die einen sprachen seinen Namen ehrfürchtig aus. Andere hassten diesen Mann, weil er so vieles durcheinander brachte, woran sich die Menschen gewöhnt hatten.

Für Katharina war es sehr aufregend, mit solch einem berühmten Mann verheiratet zu sein. Aber manchmal war es auch anstrengend. Oft kam hoher Besuch, und das konnte sogar ein Herzog mit seinem Gefolge sein. Alle mussten natürlich gut bewirtet werden. Hin und wieder musste Martin Luther in einer Kutsche lange gefährliche Reisen in andere Städte unternehmen und Katharina war heilfroh, wenn sie ihren Martin nach langen, bangen Wochen wieder in die Arme schließen konnte. Ja, Katharina hatte ihren Martin sehr lieb und die beiden waren froh, dass sie fünf Kinder hatten.

Besonders gern ging Katharina am Sonntagmorgen zum Gottesdienst in die Stadtkirche zu Wittenberg. So auch in der ersten Dezemberwoche im Jahre 1535. Die Kirche war wie immer überfüllt, wenn ihr Mann Martin die Predigt hielt. Katharina liebte es, wenn viele Hundert Menschen Lieder sangen. Manche von diesen Liedern hatte Luther selbst geschrieben. Doch am meisten genoss es Katharina, nur so dazusitzen und die Hände in den Schoß zu legen.

Ihr Mann hatte jetzt die Kanzel bestiegen und begann seine Predigt.

Wie lang war sein Haar wieder geworden! Dringend müsste er es sich schneiden lassen, so schoss es Katharina durch den Kopf. Nein, wohin ihre Gedanken aber auch wanderten! Sie wollte doch aufmerksam der Predigt lauschen. Katharina schämte sich ein wenig. Doch schon wieder gingen ihre Gedanken auf Wanderschaft. In vier Tagen war Nikolaus. Ihre Kinder waren schon ganz aufgeregt. Immerhin war der 6. Dezember der große Beschertag im Jahr! Katharina ging alle ihre Kinder durch. Hatte sie auch für jeden ein Geschenk? Jedes Kind würde einen Teller mit zwei oder drei Äpfeln, eine Hand voll Nüsse und ein kleines Geschenk bekommen. Plötzlich wurde Katharina wieder auf die Worte des Predigers aufmerksam:

»Ihr Bürger von Wittenberg!« Luthers Stimme hallte durch die ganze Kirche. »Nun möchte ich euch noch ein besonderes Wort zum Nikolaustag sagen. Zu Weihnachten hat uns der gütige Gott ein großes Geschenk gemacht. Seinen Sohn hat er in eine armselige Krippe gelegt, so dass wir uns heute noch daran freuen. Nikolaus war ein guter Mann, aber helfen kann er uns nicht mehr. Aber Jesus Christus bleibt in Ewigkeit! Darum, ihr Bürger von Wittenberg, haben wir beschlossen, dass nicht mehr Nikolaus, sondern der Heilige Christ unsere Kinder beschert. Dies soll am 24. Dezember geschehen. Der Beschertag am 6. Dezember ist abgeschafft! Amen!«

Ein Raunen ging durch die Reihen. Was würden die Kinder für enttäuschte Gesichter machen, wenn die Geschenke am 6. Dezember ausblieben? Frauen sprachen aufgeregt mit ihren Nachbarinnen. Auch die Männer steckten ihre Köpfe zusammen. Als das nächste Lied angestimmt wurde, war der Gesang recht kläglich.

Katharina eilte nach dem Gottesdienst zu ihrem Mann. Er zog sich in einem kleinen Nebenraum der Kirche gerade um, als seine Frau heftig an die Tür klopfte und schon hereintrat.

»Martin, wie kannst du nur!?« Katharina stürmte durch den Raum und stellte sich vor ihren Mann hin. »Immerzu hast du neue Ideen!«

»Pscht, liebe Käthe! Der Kirchendiener muss nicht hören, dass meine Frau mit mir schimpft.«

»Du hättest es doch vielleicht vorher mit mir besprechen können, dass du die Kinderbescherung für alle Kinder in Wittenberg vom Nikolaustag auf das Christfest verlegen willst.« Katharina stemmte ihre Hände in die Hüften.

»Und – was hättest du mir geraten?«

Katharina seufzte. Sie wusste ja, dass Martin in der Predigt einen guten Grund genannt hatte: Die Geburt Jesu ist Gottes größtes Geschenk für die Menschen. Aus Freude darüber beschenken sie ihre Kinder.

»Nun gut, Martin, dann wirst du es aber unseren Kindern selbst erklären. Direkt heute nach dem Mittagessen!«

Luther atmete erleichtert auf. »Du wirst sehen, Käthe, es wird nicht lange dauern, dann werden sich alle Kinder daran gewöhnt haben, dass die Bescherung am Christfest ist. Glaub mir. Und Käthe – für die Kinder habe ich am Weihnachtsabend eine besondere Überraschung. Ich habe ein Weihnachtslied gedichtet. Hör mal zu!«

Luther stellte sich in die Mitte des Raums und sang mit kräftiger Stimme:

»Vom Himmel hoch, da komm ich her,
ich bring euch gute neue Mär,
der guten Mär bring ich so viel,
davon ich singen und sagen will.«

Ob Martin Luther an diesem Tag seiner Frau schon alle fünfzehn Strophen vorgesungen hat? Vielleicht. Aber ganz gewiss haben beide nicht gewusst, dass sich viele Hundert Jahre später die Kinder in aller Welt am Weihnachtsfest über die Geschenke freuen.

Martin Luther verlegte 1535 das Beschenken der Kinder vom Nikolaustag auf das Weihnachtsfest. Im gleichen Jahr textete er das bekannte Weihnachtslied »Vom Himmel hoch, da komm ich her«.

Der gestohlene Apfel (1450)

»Hab ich dich endlich erwischt, du elender Schurke, du Broträuber, du!« Arnulf hatte sich leise in den Klassenraum zurückgeschlichen, nachdem Lehrer Severinus alle Schüler der Lateinklasse zum Morgengebet in die Klosterkapelle geschickt hatte. Und tatsächlich – als Thomas, der allein im Klassenraum zurückgeblieben war, die leisen Schritte Arnulfs vernahm, sprang er auf und versteckte seine Hände hinter dem Rücken. Aber Arnulfs Tasche lag geöffnet da, eine Fibel war halb zu sehen und ein Gänsekiel war herausgefallen.

»Zeig doch mal, was du hinter deinem Rücken versteckst!« Arnulfs Stimme klang scharf in Thomas' Ohr.

»Wwwas soll ich schon haben, mmmeinen Apfel natürlich.« Thomas war rot angelaufen und seine Hände zitterten, als er sie vorstreckte und einen glänzenden Apfel zeigte. Arnulf warf schnell einen Blick in seine Ledertasche und stieß voller Verachtung hervor: »Du bist also nicht nur ein Dieb, sondern auch noch ein feiger Lügner. In meiner Tasche fehlt der Apfel. Und der, den ich heute Morgen eingesteckt habe, sah genau so aus wie der in deiner Hand. Ich seh schon, heute der Apfel, gestern die Datteln, letzte Woche der Käse. Hätt ich mir gleich denken können, dass du der Dieb bist. So schäbig, wie du aussiehst.« Arnulf betrachtete angewidert Thomas' schmutzige Kleidung und seine hölzernen Pantinen.

Er drehte sich um und rief im Hinausgehen dem immer noch wie erstarrt dastehenden Thomas zu: »Nun friss den Apfel! Aus deinen stinkenden Händen will ich nichts wiederhaben.«

Um zwei Uhr mittags kam Arnulf aus der Schule heim. Er wohnte im größten Haus am Marktplatz. Sein Vater war ein reicher Kaufmann, der mit Gewürzen aus dem fernen Orient handelte.

Arnulf zog es wie jeden Mittag in die große Küche. Er hockte sich auf einen Schemel vor dem Herd und wärmte seine Hände. Else, die dicke Köchin, stellte ihm eine warme Mandelmilch hin. Solange Arnulf denken konnte, stand Else vom frühen Morgen bis zum späten Abend in der Küche am Herd und fuhrwerkte mit den großen Töpfen und Bratschlitten herum. Ein Knecht ging ihr zur Hand, schürte die Öfen und kaufte auf dem Markt ein. Seit Arnulfs Mutter tot war, war ihm Else der liebste Mensch auf der Welt.

»Was backst du da Feines?« Arnulf betrachtete neugierig die verschiedenen Zutaten, die Else bereitgestellt hatte. Sie war dabei, Mandeln zu schälen. Feigen und Datteln waren bereits fein gehackt, das Mehl war gesiebt in der Schüssel, Honig war im Topf und auch Gewürze wie Zimt und Ingwer.

»Du erkennst es nicht an den Zutaten? Das wird dein geliebter Gewürzkuchen, mein Junge. Ein wenig wird er noch liegen müssen. Umso besser schmeckt er dann am Heiligen Abend.«

Arnulf lief bei dem Gedanken an diese Köstlichkeit das Wasser im Mund zusammen.

»Übrigens, Else, ich hab den Dieb erwischt. Thomas hat mir all die Sachen in den vergangenen Wochen aus meiner Tasche gestohlen.«

»Kenne ich diesen Thomas?«

»Nein, aber da hast du auch nichts verpasst. Er kommt aus einer anderen Stadt und wohnt irgendwo bei Verwandten.« Arnulf stibitzte sich bei diesen Worten eine Handvoll geschälter Mandeln und stopfte sie schnell in den Mund.

»Und warum hat er dir das Essen aus der Tasche gestohlen?« Else hatte aufgehört, den Teig zu kneten, und sah Arnulf an.

»Warum, warum ...? Du stellst Fragen, Else! Woher soll ich das denn wissen? Vielleicht ist er zu faul, sich am Morgen etwas einzustecken.«

»Zu faul, meinst du? Fällt er denn sonst durch Faulheit auf?«

»Nun ja, im Lernen ist er eigentlich vorneweg. Latein, Griechisch, Mathematik – alles macht er bestens.«

»Was man von dir ja nicht unbedingt behaupten kann.« Mit Schwung hob Else den gekneteten Teig auf den Holztisch, warf ihn mit geübten Bewegungen hin und her und füllte ihn schließlich in eine tönerne Form.

Dann setzte sie sich auf die Holzbank und legte ihren kräftigen Arm um Arnulfs Schultern.

»Also, wenn ich's recht sehe, ist Thomas' Magen meistens ziemlich leer, was man von seinem Kopf zum Glück nicht sagen kann. Ich glaube, er stiehlt nicht aus Arglist, sondern weil er oft Hunger hat. Meinst du nicht? Ich mache dir einen Vorschlag: Bring Thomas doch morgen einfach nach der Schule mit zum Essen. Ich werde euch etwas Feines kochen und in der Stube könnt ihr zusammen lernen.«

Arnulf wusste aus Erfahrung, dass es wenig nützte, Else zu widersprechen. So schob er am nächsten Tag einen sehr schüchternen Thomas in die warme Küche. Und dann passierte in diesen Wochen der Adventszeit vor mehr als fünfhundert Jahren ein Wunder: Bei Mandelmilch und Gewürzkuchen, gestärkt von Lebkuchen und Stollen, erfuhr Arnulf viel von dem Leben seines Mitschülers, der schon oft gestohlen und gebettelt hatte, um nicht zu verhungern, und der mehr lernte als alle anderen, um irgendwann bessere Tage zu sehen. Und die hatten nun schon begonnen.

Jesus und Maria im Kästlein (1350)

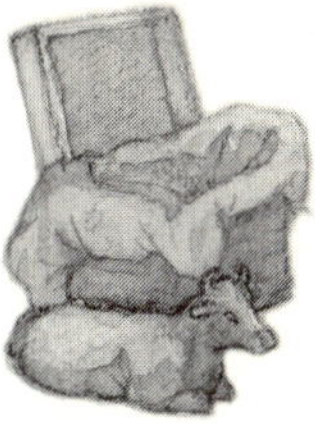

Katharina sehnte in diesen Tagen des Advents die Dunkelheit herbei. Sie musste nicht lange warten. Schon nachmittags verschwand die Sonne hinter den Bergen und das Bergdorf mit seinen umliegenden Höfen kauerte sich in die kommende Nacht hinein.

Trotz der angebrochenen Dunkelheit legte Katharina ihren Wollumhang um und schlüpfte in die Holzschuhe.

»Ich schau noch einmal nach den Tieren. Sie scheinen mir ein wenig unruhig zu sein.« Sie sprach zu ihrer Mutter, die über dem Spinnrad gebeugt Wollfäden durch ihre Finger laufen ließ. Katharina schob den Riegel der niedrigen Holztür hoch und ging nach draußen. Sie warf einen Blick in den Stall. Der Futtertrog war gefüllt, die Tiere waren friedlich.

Es waren auch nicht die Tiere, die sie nach draußen getrieben hatten. Schon eine ganze Weile hatte sie in der Ferne singende Menschen vernommen.

»Sie sind wieder unterwegs.« Katharina schaute sehnsüchtig in die Richtung, aus der der Gesang herüberklang. Da entdeckte sie die ersten Fackelträger. Sechs, sieben Gestalten konnte sie in der Dunkelheit erkennen. Die Taubers vom Tauberhof hatten sich auf den Weg gemacht. Immer klarer und immer vertrauter drang die Melodie an Katharinas Ohr. Die Taubers hatten ein kleines Kästlein bei sich, in dem winzige Krippenfiguren waren. Seit Beginn der Adventszeit wanderte die Krippe von Familie zu Familie. Jede Nacht übernachtete »das Kästlein« in einem anderen Haus. Aber es lebten viel mehr als 24 Familien in dem Dorf. So kam nicht jede Familie an die Reihe.

»Ob sie heute vielleicht zu uns kommen?« Katharina lief ein kleines Stück vom Haus weg. Jetzt war die Gruppe an der Weggabelung. Ein Weg führte direkt zu ihrer Hütte, der andere Weg zum Moserhof.

Die Gruppe bog ab. Auf geradem Weg zog sie zu Mosers weiter. Heute wäre die letzte Möglichkeit gewesen. Morgen war das Christfest und das Kästlein würde in die Kirche getragen werden. Enttäuscht drehte sich Katharina zu ihrer Holzhütte um.

»Wenn sie nicht kommen und es bringen – warum sollte ich es mir eigentlich nicht selber holen?« Katharina erschrak über den verrückten Gedanken und wusste selber nicht, was sie eigentlich vorhatte, als sie kehrtmachte und zum Moserhof lief. Schon außen vor der Tür hörte Katharina den Gesang der Menschen. Vorsichtig drückte sie die angelehnte Tür auf und stand schon in der Stube vom Moserbauer. Auch hier herrschten nicht gerade Pracht und Wohlstand, aber die Wohnstube war höher und größer als bei Katharina zu Hause. Sie hatten sogar einen Schrank mit Schnitzwerk und an einer Wand standen die Bank und der Tisch, auf dem der »Besuch« aus dem Kästlein schon aufgebaut war.

Jede Figur war nicht größer als eine Hand, wunderbar geschnitzt und bemalt: Ochs und Esel, Josef und Maria beugten sich über eine winzige Krippe, die mit kleinen Strohhalmen gefüllt war. Das Jesuskind schien die Betrachter aufmerksam anzusehen.

»Es sieht mich!« Katharina drückte sich enger an den Tisch. »Es schaut mich geradewegs an.« Die Leute hatten nun aufgehört zu singen und unterhielten sich. Die Frau vom Moserbauer reichte allen ein Stück frisch gebackenes Weißbrot.

Veronika, die Tochter, stellte sich neben Katharina, die ihre Augen nicht von den Figuren lassen konnte: »Haben die Taubers nicht einen herrlichen Schatz zu uns gebracht? Morgen darf ich den Kasten mit den Figuren zum Weihnachtsgottesdienst in die Kirche tragen.«

Voller Stolz sprach Veronika und wandte sich dann anderen Kindern zu.

»Ich nehm dich mit, kleines Jesuskind!« Ganz leise flüsterte Katharina das. »Ich nehm dich einfach mit. Ich versteck dich in meinem Umhang, dann bist du die ganze Nacht bei mir. Und ganz früh morgens bring ich dich zurück und leg dich vor die Tür.« Vorsichtig schaute sich Katharina in der Stube um. Keiner beachtete sie. Mit schnellem Griff nahm sie die Figur aus der Krippe und hielt sie in den Falten ihres Rockes versteckt.

»Gleich gehe ich durch die Tür und verschwinde in der Dunkelheit.« Katharina spürte, wie ihre Hand brannte, so fest umschlossen hielt sie die Figur. Jetzt fand sie es plötzlich sehr warm in der Stube.

»Gefällt es dir?« Katharina erschrak, als sie die leise Stimme der Moserbäuerin hörte. Sanft nahm sie Katharinas Hand und löste ihre Finger. Sie nahm die Figur heraus und legte ihr ein großes Stück Weißbrot hinein.

»Komm, iss, mein Kind. Schön ist die Figur, nicht wahr? Wolltest du sie dir genau anschauen? Jetzt leg ich sie wieder in sein Kripplein.«

»Ich hätte das Kästlein so gern einmal bei uns gehabt.« Katharina sprach mehr zu sich selbst als zu der Frau, die das Mädchen jetzt in den Arm genommen hatte. Plötzlich drehte sich die Moserbäuerin zu den anderen um und sagte laut: »Zieht euch alle warm an!« Verwundert schauten alle die Bäuerin an, die schon damit beschäftigt war, vorsichtig die kleinen Krippenfiguren in das Kästlein zurückzulegen. »Wir gehen jetzt miteinander zu Katharinas Haus. Josef, Maria und Jesus haben heute ihre Herbergssuche noch nicht zu Ende gebracht. Komm, Katharina, wir machen uns auf den Weg.«

Die Tradition des »Kästleintragens« veranschaulicht die Herbergssuche. Diese sehr alte Sitte wird heute in manchen Gegenden wieder aufgenommen.

Aufregung im Wald (1223)

Wenn die Menschen in Assisi und anderswo über Franz sprachen, meinten die einen: »Er ist ein Heiliger.« Die anderen hielten dagegen: »Von wegen! Franz ist ein Verrückter!« Und wieder andere meinten: »Franz ist ein verrückter Heiliger.«

So redeten die Leute über Franz von Assisi, der wie ein Hirte eine ärmliche braune Kutte trug, barfuß lief und viele Dinge tat und Worte sprach, die die Menschen mal zum Lachen und mal zum Weinen brachten.

Früher war Franz ein reicher junger Mann gewesen, der nach Lust und Laune das Leben genoss und sich alles leisten konnte, was ihm Spaß machte. Sein Vater war ein sehr reicher Tuchhändler, der seinem Sohn ein angenehmes Leben bieten konnte. Nur Glück und Zufriedenheit konnte er ihm nicht kaufen.

Deshalb beschloss Franz eines Tages, alles, wirklich alles, was er besaß, abzugeben, nur noch für Gott zu leben und aller Welt von Gott zu erzählen. Erst da wurde er glücklich.

Mit der Zeit gewann Franz von Assisi viele Freunde, die genau so leben wollten wie er.

Und gemeinsam dachten er und seine Freunde sich immer wieder etwas Besonderes aus, um den Menschen deutlich zu machen, wie sehr Gott sie liebt. So auch in der Weihnachtszeit im Jahre 1223:

Luca und Giovanni trafen sich auf dem Platz vor der Kirche von Greccio.

»Luca, ich hab gehört, dass sich Franz für heute Nacht von deinem Vater einen Ochsen ausgeliehen hat. Von meinem Vater hat er einen Esel geborgt. Seltsam ...«

»Franz und seine Freunde laden alle Leute in den Wald von Greccio ein. Sie haben eine Weihnachtsüberraschung vorbereitet.«

Die beiden Jungen überlegten hin und her, was der merkwürdige Prediger Franz sich wohl wieder ausgedacht haben könnte.

Als es dunkel wurde, machten sich Luca und Giovanni auf den Weg. Sie hatten keine Angst, denn sie waren nicht allein.

Viele Menschen hatten sich auf den Weg gemacht, darunter auch Freunde von Franz. Luca und Giovanni erkannten sie an ihren braunen Kutten, die nur mit einem Strick zusammengehalten wurden. Sie waren barfuß, wie Franz auch.

Bald erreichten sie eine Lichtung, die an einer Seite von einem schroffen Felsen begrenzt war. An dessen Fuß gab es eine Grotte, die so groß war, dass ein Mann darin stehen konnte. Die Männer in den braunen Kutten bildeten einen Halbkreis. In ihrer Mitte stand Franz.

Luca und Giovanni kannten diesen Ort sehr gut. An manchen Sommertagen waren sie bei ihren Streifzügen durch den Wald hierher gekommen.

»Luca, schau, dort steht euer Ochse und daneben unser Esel. Ochs und Esel – kannst du das andere erkennen?« Giovanni stellte sich auf Zehenspitzen, aber es hatten sich vor ihnen schon so viele Menschen auf der Lichtung versammelt, dass den beiden die Sicht versperrt war.

»Ochs und Esel – also die haben wir bei uns im Stall auch – ist das etwa alles?« Luca war enttäuscht.

»Komm, Giovanni, wir klettern von hinten auf den Felsen, dann können wir von oben in die Grotte hineinschauen.«

Schnell hatten die beiden Jungen sich aus der Menge befreit, waren auf den Felsvorsprung geklettert und sahen nun den berühmten Franz von Assisi unter sich. Neben sich hatte er eine richtige Futterkrippe aufgebaut und Stroh war auf dem Waldboden verteilt. Ochs und Esel kauten ihr Futter und waren nicht aus der Ruhe zu bringen.

Franz trat einen Schritt näher an den Futtertrog und breitete seine Arme aus. Die Menschenmenge wurde ruhig.

»So viele haben sich einladen lassen, den Weihnachtsgottesdienst im Wald zu feiern. Ich habe euch etwas Besonderes versprochen. Nun sind einige von euch vielleicht enttäuscht. Hier stehen nur ein Ochse, ein Esel und eine Futterkrippe.

Das haben wir doch auch zu Hause in unserem Stall!, denkt ihr vielleicht. Was ist denn daran Besonderes? – Schaut genau hin!« Franz griff in den Futtertrog, griff einen Haufen Stroh und warf ihn hoch in die Luft. Dann klopfte er auf die Krippe – ein hohler Ton erfüllte die Stille.

»Holz und Stroh, Ochs und Esel – genau so sah es aus, als Jesus in der Heiligen Nacht geboren wurde. Klein und arm wurde der große König. Und da sollten wir uns nicht wundern? Da sollten wir nicht Gott loben?«

Wieder breitete Franz seine Arme aus und seine Freunde stimmten ein Lied an.

Giovanni hatte genug gesehen. »Los, Luca, ich verhungere bald. Ich will nach Hause.« Doch sein Freund rührte sich nicht von der Stelle.

»He, Luca, träumst du?« Ungeduldig zerrte Giovanni seinen Freund am Arm. Aber Luca bewegte sich immer noch nicht und starrte auf die Holzkrippe.

»Weißt du was, Giovanni? So hab ich mir das nie vorgestellt. Das war ja damals wirklich wie bei uns zu Hause im Stall. Ochs und Esel, der Futtertrog ... Kannst du dir das vorstellen – hier ist Gottes Sohn zur Welt gekommen!«

Auf diese Legende von der Weihnachtskrippe im Wald von Greccio wird der Brauch zurückgeführt, in Kirchen Krippen aufzustellen.

Gerade noch geschafft (1200)

»Eins, zwei, drei ... Benedikt, schreib auf: drei Fässer gepökeltes Fleisch.

Zwei, vier, sechs, acht ... acht Laibe Hartkäse. So, und wie viele Kisten Obst hast du gezählt?«

Der alte Mönch Gregor und sein junger Gehilfe Benedikt schritten an den Regalen und Fässern im großen Gewölbekeller des Grauen Klosters entlang. Stets lief dem jungen Benedikt das Wasser im Mund zusammen, wenn er mit Gregor, dem Küchenmeister, die Stufen zum kühlen Vorratskeller hinabstieg. Vielerlei Düfte stiegen Benedikt in die Nase: Äpfel und Birnen lagerten auf offenen Holzstiegen, Schinken und Hartwürste hingen von der Decke herab, Butter, gepökeltes Fleisch, Bier, Wein – und alles war in großen und kleineren eichenen Holzfässern gelagert.

Benedikt lebte erst seit wenigen Wochen im Kloster. Von seinem Vater war er zu Beginn der Adventszeit der Obhut der Mönche übergeben worden. Auf dem Ritt vom Heimatdorf zum Grauen Kloster hatte der Vater ihm noch einmal erklärt, warum ihm keine andere Wahl bliebe, als ihn, seinen jüngeren, dreizehnjährigen Sohn, Mönch werden zu lassen. Benedikts älterer Bruder Hans sollte den elterlichen Hof erben. Für ihn gab es deshalb dort keinen Platz mehr. Als sich die schweren Klostertüren hinter Benedikt schlossen, wusste er, dass diese Gemäuer vielleicht bis an sein Lebensende seine Heimat sein würden. Und ihm war so kalt.

Vierzig andere Mönche waren nun Benedikts neue Familie. Sie nannten sich »Brüder« und schliefen mit Benedikt in einem großen Schlafraum auf Stroh, von einfachen Decken mehr schlecht als recht gewärmt. Alle trugen das gleiche dunkle Wollgewand.

»Jetzt nimm Abschied«, hatte der Vorsteher des Klosters, Prior Pius, am ersten Tag gesagt und ihm selbst die Haare geschnitten.

War er froh, dass der dicke alte Mönch Gregor mit den gütigen Augen gleich am zweiten Tag nach seiner Ankunft zu ihm kam. »So einen wie dich, der mir flink zur Hand geht, kann ich gerade gebrauchen.« Ein glucksendes Lachen bewegte den dicken Bauch von Gregor, sein Gesicht lief rot an und die Augen des Alten schauten bis in Benedikts Herz. Unter der Küche lag der Vorratskeller des Grauen Klosters und dorthin führte er den staunenden Benedikt. Gregor lenkte Benedikts Schritte zu einem leeren Holzfass, auf dem eine Kerze brannte, und beide nahmen auf zwei Holzschemeln Platz, nachdem Gregor Brot und ein dickes Stück Schinken mit seinem Messer abgeschnitten hatte. Er legte es vor Benedikt aufs Fass und sagte nur: »Gleich kannst du essen, und nun wein schon, mein Junge.«

Diese Worte waren wie ein Schlüssel, der die Tür zu Benedikts Kummer aufschloss. Die Tränen flossen und stockend erzählte Benedikt von seinem Dorf, seinen Eltern und Brüdern, seinem Hund, von Otto, seinem Freund – eben von all dem, was er zurückgelassen hatte. Wie ein kleines Kind wiegte Gregor den Jungen in seinen Armen.

Nach einer ganzen Weile, als Benedikt schon mit gutem Appetit gegessen hatte, fragte er: »Und warum seid Ihr hier, Bruder Gregor? Wart Ihr damals auch so traurig wie ich heute?«

Lange schaut der alte Mann Benedikt an: »Traurig? Nein, ich war nicht traurig. Ich war am Ende meiner Kräfte, als ich an die Klostertüren anklopfte. Meinen wütenden Verfolgern war ich gerade noch entkommen.«

Und so erzählte Gregor dem staunenden Benedikt seine Geschichte: »Fast vierzig Jahre sind seitdem vergangen. Es war fast kurz vor Weihnachten, so wie jetzt. Ich war auf der Flucht, ein böser Burgherr herrschte damals über unser Dorf, eine schlimme Krankheit hatte meinen Eltern das Leben genommen und ich war allein zurückgeblieben.

Ja, noch schlimmer: Die Knechte des Burgherrn kamen in mein Dorf, drangen in unser kleines Haus ein, das ich nun ganz allein bewohnte, und forderten Geld von mir. Geld, das ich nicht besaß. Durch einen glücklichen Umstand entkam ich den Knechten, die mich zur Burg schleppen wollten. Ich rannte um mein Leben, meine Verfolger dicht auf den Fersen. Ich schaute nicht zurück, sprang über Baumwurzeln, schlug Haken wie ein Hase, und entkam in dem dichten Unterholz des

Waldes, durch den du auch gekommen bist, als dein Vater dich zu uns brachte.

Glücklicherweise war der Boden gefroren und es lag noch kein Schnee, so dass keiner meine Spuren verfolgen konnte. Der dichte Wald war mir so vertraut wie das Hemd auf meinem Leib. In der Ferne vernahm ich die zornigen Rufe meiner Verfolger. Eigentlich gab es für mich nur eine sichere Rettung – unser Graues Kloster. Ich wagte nicht, auf direktem Weg dorthin zu gehen, sondern schlug mich durch das Gestrüpp.

Vollkommen erschöpft, das Hemd zerrissen, die Haut zerkratzt, so erreichte ich die Klosterpforte. Ich schaffte es gerade noch, die Hausglocke zu läuten, bevor ich zusammenbrach. So fanden mich die Brüder. Sie trugen mich auf ein Lager, wuschen mich, stärkten mich mit einem warmen Haferbrei und ließen mich schlafen.«

Benedikt schluckte sein letztes Stück Schinkenbrot hinunter. Bruder Gregor schaute ihm dabei zu.

»Vierzig Mal habe ich seitdem die Ankunft von Jesus in dieser Welt hier im Kloster gefeiert. Für dich ist es bald das erste Mal.

Benedikt, glaub mir, es wird dir gefallen.«

»Ein Engel kommt manchmal ganz plötzlich« (um 1150)

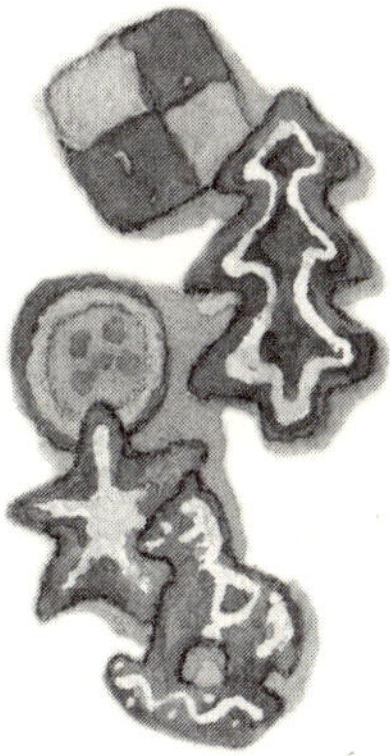

Heute war einfach ein Glückstag! Am Morgen hatte Ursulas Mutter den großen Henkelkorb mit einem Tuch ausgeschlagen und allerlei Gewürzgebäck hineingelegt. Ihre Mutter arbeitete als Küchenmagd in der großen Burg. Ursula, gerade zehn Jahre alt, passte in der Zeit auf die beiden kleinen Geschwister auf. Der Vater und Albert, der neunjährige Bruder, arbeiteten als Handlanger beim Bau der neuen Stadtmauer.

Heute stand Ursula zum ersten Mal als Plätzchenverkäuferin auf dem Markt. Und die ersten Münzen waren schon verdient. Ursula hatte eine Bauersfrau gefragt, ob sie sich neben ihren Stand stellen dürfe, um das Gebäck anzubieten. Die Bauersfrau hatte das blasse Mädchen mitleidig angeschaut, nach einem Plätzchen in Ursulas Korb gelangt und es genüsslich aufgegessen: »Wer hat denn so etwas Feines gebacken?« Die Bäuerin leckte mit der Zunge über die Lippen. Ursula freute sich und erzählte von den Backkünsten ihrer Mutter. Sie zählte die kostbaren Gewürze wie Anis, Zimt und Ingwer auf, für die Mutter lange gespart und die sie dann verbacken hatte. Aber die Rezepte verriet Ursula natürlich nicht.

»Nun gut, du wirst mir wohl keine Käufer wegschnappen. Stell dich ruhig neben meinen Stand. Viel Glück!« Die Bäuerin wandte sich einem neuen Kunden zu.

Da stand Ursula nun und schaute ängstlich auf die vielen Menschen, die sich an den Marktständen vorbeidrängten. Keiner beachtete sie. So verging wohl eine halbe Stunde. In der Zeit hatte die Bäuerin schon zwei lebendige Hühner, drei Ziegenkäse und zwei Dutzend Eier verkauft. Nun bemerkte die Frau, wie still Ursula an ihrer Seite stand. »Du musst schon laut ausrufen, was du Feines anzubieten hast. Nur Mut! Pass auf, so musst du's machen.« Sie beugte sich ein wenig über ihren Stand und rief mit lauter Stimme: »Hier könnt ihr köstliches Gewürzgebäck kaufen. Köstlichkeiten, gewürzt mit den Schätzen des Orients! Zimt, Ingwer, Anis! Kommt, probiert!« Bei diesen Worten griff die Frau in Ursulas Korb, aber dieses Mal verspeiste sie das Plätzchen nicht selbst, sondern hielt es einer vornehm gekleideten Frau, die in Begleitung einer Magd war, zum Probieren hin. Und tatsächlich – die Frau tat ein, zwei kleine Bisse, schaute neugierig in Ursulas Korb und ließ sich dann einen kleinen Leinenbeutel füllen.

»Mädchen, wenn das kein guter Anfang war, die Burgherrin selber hat gerade bei dir gekauft!« Ursula bekam einen kleinen Schreck, als die Bäuerin das sagte und schaute hinter der Frau her, die mit schnellem Schritt in Richtung Burg ging.

Aber nun hatte Ursula Mut bekommen. Kaum waren zwei Stunden vergangen, da war ihr Korb nur noch zu einem Drittel gefüllt. Ursula merkte nicht einmal, wie kalt ihre Füße vom langen Stehen waren.

Jetzt kamen junge Burschen neugierig zum Stand. Ganz dicht traten sie an Ursula heran, so dass sie schnell einen Schritt zurücktrat.

»Na, Kleine, was hast du denn Gutes in deinem Korb?« Der Größte der drei Jungen griff mit seinen schmutzigen Händen zu und steckte sich zwei Plätzchen in den Mund, zerbröselte ein drittes zwischen den Fingern und ließ die Krümel in den Dreck fallen. Ursula wagte nicht, etwas zu sagen, und schaute ängstlich zur Bauersfrau. Aber die feilschte gerade mit einer Kundin über den Preis eines Schinkens und hatte nicht bemerkt, wie sehr Ursula bedrängt wurde. Nun griff der Junge erneut in den Korb, nahm gleich eine ganze Handvoll Gebäck und reichte es seinen Kumpanen. Ursula wollte um Hilfe rufen, aber blitzschnell trat ihr der Anführer hart auf den Fuß und zischte: »Halt bloß deine Klappe!«

Plötzlich ließ er von ihr ab und sprach in einem völlig anderen Ton: »Nun, dann verkauf uns was. Ein Heller wird doch wohl reichen!« Er langte in seine Wamstasche und hielt Ursula das Geldstück hin. Ursula griff nach der Münze, schob ihren Umgang zur Seite und ließ das Geldstück in ihr Leinensäckchen gleiten. Auf diesen Moment hatten die Burschen nur gewartet. Ehe Ursula begriff, was passierte, wurde der Geldbeutel von ihrem Körper gerissen. Als Ursula sich wehrte, versetzte ein anderer Junge ihr einen harten Stoß. Mit dem Kopf schlug sie auf die Kante eines Holzbrettes und fiel in den Schmutz. Um Ursula wurde es dunkle Nacht. Die drei Jungen verschwanden, jeder in eine andere Himmelsrichtung. –

»Aber Mädchen, was machst du denn für Geschichten?« Ursula machte die Augen auf und blickte in das besorgte Gesicht der Bäuerin. Ursulas Kopf schmerzte, sie fasste sich an den Bauch und bemerkte sofort, dass das Geld fort war. Der Henkelkorb war ihr vom Arm gefallen und die restlichen Plätzchen lagen im Dreck.

»O nein, nein, wie soll ich das nur Mutter erklären?« Verzweifelt schlug Ursula die Hände vors Gesicht und schluchzte heftig.

Plötzlich vernahm das Mädchen eine freundliche Stimme: »Da bist du ja noch! Ich hatte schon Angst, du hättest all deine Plätzchen verkauft und wärst weg.« Ursula blickte auf und erkannte die Burgherrin.

»Aber was ist denn passiert?« Sie nahm Ursulas Hand und zog sie hoch.

»Alles Gebäck ist verdorben und mein Geld wurde gestohlen. Wie soll ich mich nur nach Hause wagen?«

Die Frau kramte in ihrer Geldkatze und reichte Ursula zwei Silberstücke: »Das Geld bringst du deiner Mutter und mich nimmst du mit. Denn der Graf will unbedingt die Frau kennen lernen, die solch wunderbares Adventsgebäck backen kann. Er will alle Zutaten besorgen und deine Mutter bitten, für einen guten Lohn für die Burg zu backen.«

Ursula fühlte ihren Kopf. Er brummte immer noch. Träumte sie nur? Die Burggräfin selbst stand vor ihr und der Burggraf wollte Mutter gut entlohnen? Heute war also doch ein Glückstag!

»Ausgetauscht« (um 900)

»Bitte, Ave, lauf doch nicht so schnell!« Burkhard konnte mit den langen Schritten seiner Schwester kaum mithalten.

»Wenn wir uns nicht beeilen, bekommen wir wieder die schlechten Plätze. Diesmal will ich auch das Kindlein wiegen. Du hättest doch daheim bleiben können.« Schon wollte Ärger in Ave hochsteigen, aber dann schaute sie in das schmutzige Gesichtchen des kleinen Bruders und hatte Mitleid: »Na gut, ein kleines Stück nehme ich dich huckepack.«

Die beiden Geschwister waren auf dem Weg zum Adventsgottesdienst. Zuvor hatte Ave dem Vater geholfen, die Kühe zu melken, denn die Mutter war nach der Geburt der kleinen Schwester noch nicht wieder richtig zu Kräften gekommen. Zwei Wochen waren seitdem vergangen. Das kleine Mädchen war schwach zur Welt gekommen. Es trank wenig und schlief viel. Und vor vier Tagen war es dann geschehen: Als Ave morgens wach wurde, sah sie Vater und Mutter im Schein einer Kerze sitzen. Die Mutter weinte leise, in ihrem Arm hielt sie das kleine leblose Bündel. In der Nacht war die Schwester gestorben.

Der Weg zur Dorfkirche war weit und führte die Kinder die Hügel hinunter und durch blattlosen Laubwald. Schon von weitem sahen sie die Menschen herbeiströmen. Groß und Klein war in braune oder graue Wollumhänge gehüllt und alle hatten es eilig, die kleine Steinkirche zu erreichen.

Nur langsam gewöhnten sich die Augen der Kinder an die Dunkelheit in der Kirche. Die wenigen Fenster waren ohne Glas und zum Schutz vor der Kälte mit schweren Stoffen verhängt. Kerzen und Fackeln erhellten den Raum nur schwach. Die Wände waren rußgeschwärzt.

Ave und Burkhard suchten sich einen Platz in der rechten Hälfte der Kirche. Dicht gedrängt saßen dort Frauen und Männer, Kinder und Greise.

Nun war es soweit. Der Priester ging zum Altar, nahm eine hölzerne kleine Wiege auf den Arm und stimmte ein Wiegenlied an. Die Gemeinde fiel in den Gesang ein. Ave dachte an die Mutter. So hatte sie auch immer gesessen und die kleine Schwester gewiegt.

Dann ging der Priester zu den Bankreihen auf der linken Seite und legte einer Frau in der ersten Reihe die Wiege in den Arm. »Schade. Nun geht's auf der anderen Seite los«, dachte Ave.

Aber heute würde sie sich Zeit nehmen. Und wenn es ein, zwei Stunden dauern sollte, bis das Jesuskind in der Wiege Aves Platz erreichen würde.

Eine alte Bauersfrau stand drüben auf und bewegte

ihren ganzen Körper zum Gesang. Mit ihrem zahnlosen Mund küsste sie die Jesusfigur.

Ave schloss die Augen. Die vielen Menschen strahlten so viel Wärme aus, dass das Mädchen ein wohliges Behagen spürte. War es dies oder war es der Wiegengesang – Ave merkte nicht, wie sie langsam einnickte. »Susanni, Susanni« – so hörte es Ave noch in ihren Träumen.

Unsanft wurde sie plötzlich von Burkhard an den Haaren gezogen: »Ave, wach auf! Irgendetwas ist da hinten passiert.« Sofort war die Schwester hellwach. Was war los? Der Gesang war fast verstummt. Die Menschen schauten neugierig nach hinten. Dort standen einige aufgeregt zusammen.

»Lass uns schauen.« Wie eine geschmeidige Katze bewegte sich Ave mit dem Bruder an der Hand nach hinten.

Erschrocken blieben sie stehen. Die kleine Holzfigur des Jesuskindes lag auf dem Steinfußboden, wie achtlos hingeworfen. Und die Wiege? Menschen standen um sie herum. Ave schob sich zwischen zwei Frauen hindurch und wusste sofort, was passiert war. Ein winziges, runzliges Gesichtchen schaute aus Lumpen hervor. Die Augen eines Neugeborenen, das nun anstelle der Holzfigur in der Wiege lag, waren geschlossen. Aber Ave sah, wie es atmete.

Woher nahm Ave den Mut, jetzt so dicht an die Wiege heranzutreten? Vielleicht weil sie noch vor wenigen Tagen ihre kleine Schwester mit sicherem Griff gehalten hatte? Ave kniete sich neben die Wiege, nahm das Kind heraus und schlug die Lumpen auseinander.

»Oh, gütiger Gott, ein Mädchen«, rief eine alte Frau, die direkt neben Ave stand. Wie hatte die unbekannte Mutter des Kindes es nur geschafft, sich unbemerkt in die Kirche zu schleichen, die Holzfigur gegen ihr eigenes neugeborenes Kind auszutauschen und ebenso unerkannt wieder aus der Kirche herauszukommen? Wie groß musste die Not der Frau gewesen sein, dass sie ihr eigenes kleines Kind in der Kirche zurückließ!

»Was soll nur geschehen?« Wieder war es die Alte, die so fragte.

Ave wickelte das Mädchen wieder in die schmutzigen Lumpen und dann hörte sie sich selbst mit fester, lauter Stimme sagen: »Meine Mutter hat noch Milch in der Brust. Wir nehmen es heim.«

Schon im 8. Jahrhundert wird der Brauch des »Kindleinwiegens« bezeugt. Eine kleine Wiege wurde entweder im Altarraum aufgestellt und umtanzt oder zum Küssen herumgereicht. Die Gemeinde sang dazu Wiegenlieder. Viele unserer Weihnachtslieder haben hier ihren Ursprung.

Ein Bischof hilft drei jungen Frauen (um 330)

Es gibt Menschen, von denen noch lange nach ihrem Tod erzählt wird.

Vielleicht weil sie besonders mutig waren oder weil sie anderen Menschen Gutes taten oder weil sie Gott viel zutrauten. Bei manchen trifft dies alles zu.

Solch ein Mann war Nikolaus.

Ja, genau der Nikolaus, an den heute noch gedacht wird, wenn man die kleinen Kinder an einem Morgen im Jahr mit kleinen Geschenken überrascht. Warum das so ist? Eine Geschichte haben sich die Menschen dazu weitererzählt, einer dem anderen, über viele Jahrhunderte hinweg:

Vor mehr als 1500 Jahren lebte in der Stadt Myra in Kleinasien ein armer Mann. Sein ganzer Reichtum waren seine drei Töchter. Sie waren gesund und schön anzuschauen. Viele junge Männer hatten Gefallen an ihnen und manch einer hätte eine der jungen Frauen gern geheiratet. Aber so einfach ging das zu jener Zeit nicht. Ein junger Mann konnte nicht einfach zu einer jungen Frau, in die er sich verliebt hatte, gehen und sie bitten, seine Frau zu werden. Das bestimmten die Eltern. Und die Eltern der jungen Männer suchten für ihre Söhne nur solche jungen Frauen aus, die auch etwas in die Ehe mitbrachten: Stoffe und Geschirr, Korn und vielleicht ein Schaf. Dies nannte man Mitgift.

Nichts von all dem hatte der arme Vater für seine Töchter. Und erst recht nicht dreimal.

In seiner Not wusste er nicht ein noch aus, und am Ende beschloss er in seiner Verzweiflung, eine seiner Töchter zu verkaufen, um dann von dem Geld für die anderen beiden eine Hochzeitsaussteuer anschaffen zu können.

»Ich nehme die Älteste«, dachte er bei sich. »Sie hat eine besonders schöne Haut und lockiges Haar. Jedermann hat Lust, sie anzuschauen. Vielleicht ist ihr Herz so stark, dass es nicht zerbrechen wird, wenn sie davon erfährt, was ich vorhabe.«

Der Vater wollte seinen Plan nicht heimlich ausführen, sondern ging zu seiner ältesten Tochter und erzählte ihr davon. Die Tochter sah den Kummer in den Augen ihres Vaters. Sie jammerte und klagte deshalb nicht, sondern schwieg. Aber als der Vater das Haus verließ, um einen Käufer für sie zu suchen, eilte auch sie davon und lief in das Haus des Bischofs, des Vorstehers der christlichen Gemeinde in der Stadt. Er hieß Nikolaus.

Bei ihm angekommen, warf sie sich ihm zu Füßen. Ihm konnte sie all ihr Leid klagen.

Bischof Nikolaus hörte zu und tröstete sie. Dann schickte er sie wieder heim und sagte: »Sei nicht bekümmert, der gütige Gott hat für euch gesorgt.«

Doch woher er seine Zuversicht nahm, das erklärte er nicht.

Zu ihren Schwestern sagte das Mädchen zu Hause kein Wort von alledem.

Zur Nacht legten sich die drei auf ihre Matten und schliefen bald ein.

Am nächsten Morgen weckte sie das aufgeregte Rufen ihres Vaters: »Meine Töchter, seht her! Ein Wunder ist geschehen!«

Schnell sprangen die drei von ihrem Lager hoch und bestaunten, was der Vater in seinen Händen hielt: Es war ein Klumpen Gold.

Noch nie hatten sie einen solch wertvollen Schatz unter ihrem Dach gehabt. Der Vater nahm seine älteste Tochter in die Arme, küsste sie und sprach:

»Wer auch immer der Wohltäter war, er hat dich vor einem schweren Los bewahrt. Dieser Klumpen Gold wird für deine Mitgift ausreichen.«

In der kommenden Nacht wiederholte sich das Wunder. Ein zweiter Klumpen Gold lag am Morgen auf dem Fußboden.

In der dritten Nacht wachte der Vater unter dem Fenster, denn nur durch diese Öffnung konnte der gute Mensch seine Gabe ins Haus geworfen haben.

Und wirklich – nur eine kleine Weile nach Mitternacht vernahm der Vater Geräusche. Trockene Äste zerbrachen unter vorsichtigen Schritten. Jemand öffnete leise von außen die hölzerne Fensterlade. Im gleichen Augenblick, in dem der Fremde wieder etwas in das Haus hineinwarf, sprang der Vater aus dem niedrigen Fenster und hielt den guten Mann am Arm fest. Nur schwaches Mondlicht schien auf den roten Bischofsmantel. Und doch erkannte der Vater sofort, wen er vor sich hatte. Er kniete vor Bischof Nikolaus nieder und stammelte: »Wie nur kann ich dir danken?«

Bischof Nikolaus zog den Vater zu sich hoch: »Nicht mir gebührt der Dank. Danke Gott für die Wohltaten, die du und deine Familie erfahren haben. Und rede nicht mit den Leuten darüber.«

Aber daran hat sich der Vater wohl nicht gehalten, denn sonst hätte keiner je von dieser Geschichte erfahren.

Das geheimnisvolle Zeichen (um 200)

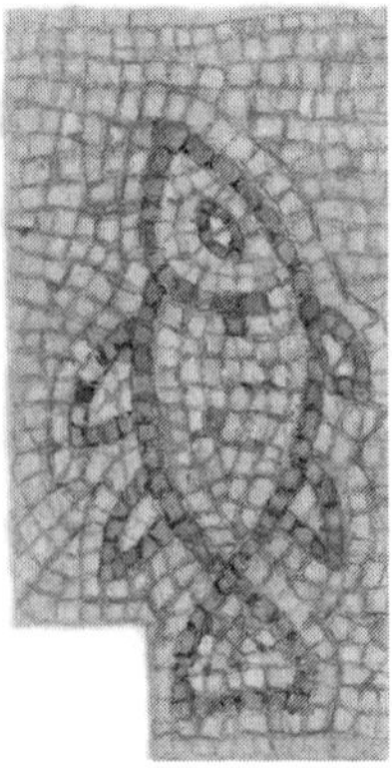

»Quintus liebt Corinna! Quintus liebt Corinna!« Fünf, sechs Jungen umringten den zehnjährigen Quintus. Sie zeigten ihm eine lange Nase und zogen abwechselnd am Rock seiner kurzen Tunika. Der Junge hielt sich die Ohren zu. Verzweifelt blickte er sich nach seinem großen Bruder um. Ach, auf große Brüder ist einfach kein Verlass! Wenn man sie braucht, sind sie wie vom Erdboden verschluckt.

Quintus kämpfte mit den Tränen.

Der dicke Rufus war der Anführer der Gruppe. Sein Wort galt bei den Jungen, die sich Tag für Tag um ihn scharten, um durch die Gassen von Rom zu ziehen und andere Jungen zu ärgern. Heute hatte es Quintus erwischt. Zu dumm, dass gestern Rufus genau in dem Augenblick an Corinnas Haus vorbeigekommen war, als Quintus mit ihr im Türrahmen gestanden hatte. Es war doch eigentlich alles nur ein dummer Zufall gewesen. Sein Vater, der Bäcker, hatte ihm aufgetragen, fünf große Brotlaibe zu einem Bürger zu bringen. Quintus war auf der Suche nach dem Haus hilflos mit seinem Brotkorb in der langen Straße hin- und hergelaufen. So hatte ihn Corinna, die vor ihrem Haus gefegt hatte, gesehen.

»Kann ich dir helfen?«, hatte sie freundlich gefragt und ihm den Weg zu dem Kunden gezeigt. Natürlich hatte er sie wieder zurückbegleitet. –

»Warum habt ihr den Fisch auf euren Türbalken gemalt?« Neugierig hatte Quintus die kleine Zeichnung betrachtet. Dieser Fisch war ihm in der Stadt schon öfter an anderen Häusern aufgefallen. Gerade als Corinna ihm etwas erklären wollte, war der dicke Rufus aufgetaucht. Mit seinem kugelrunden Gesicht hatte er sie hämisch angegrinst und gequakt: »Na, Quintus, hast du eine Christenfreundin?«

Die Christen verspotten, das war damals gang und gäbe. Noch wenige Jahre zuvor hatte der römische Kaiser sie sogar durch Soldaten aufspüren und verfolgen lassen. Viele waren getötet worden, weil sie an ihrem neuen Glauben festhielten.

Jetzt saß Quintus in der Falle. Er schaute vor sich auf das Pflaster. Das Band seiner linken Sandale hatte sich gelöst. Vorsichtig bückte er sich. Mit langsamen Bewegungen knüpfte er eine neue Schleife und schaute dabei ängstlich auf Rufus dicke Waden.

»Quintus ist ein Christenfreund! Quintus ist ein Christenfreund! Das kann doch nur ein Dummkopf sein. Stimmt's, Jungs?« Rufus quakte wieder wie ein Frosch und seine Freunde stimmten in den Spottgesang ein.

Immer noch saß Quintus in der Hocke und schaute zwischen den Beinen eines der Jungen hindurch. Da entdeckte es an einer Hausecke einen schwarzen Lokkenschopf. Corinna! Da stand tatsächlich Corinna und wartete auf ihn. Mit einer Handbewegung deutete sie ihm an, zu ihr zu laufen.

Blitzschnell packte Quintus Rufus Bein und biss ihm in die Wade. Der schrie vor Schmerz laut auf. Quintus spurtete los. »Rennpferd« nannten ihn seine Freunde. So schnell wie er lief sonst keiner. Schon war er um die Hausecke gebogen. Corinna fasste ihn an die Hand. Gemeinsam rannten sie um einige Ecken, bis Corinna Quintus in einen Hauseingang zog. Vorsichtig spähten sie nach ihren Verfolgern aus. Niemand war zu sehen.

Erleichtert atmete Quintus auf.

»Komm mit in unser Haus«, forderte Corinna ihn auf. Erstaunt blickte sich Quintus um und entdeckte erst jetzt, dass sie an Corinnas Haus angekommen waren. Das Mädchen nickte ihm aufmunternd zu. »Du weißt doch, ich muss dir doch noch was erklären. Gestern. Das mit dem Fisch.« Corinna öffnete die Holztür. Die beiden Kinder betraten einen großen Raum, in dem viele Bänke und Hocker in einem großen Halbkreis standen. Corinna kauerte sich auf den Boden. »Schau, Quintus. Hier ist auch ein Fisch.« In den Boden waren kleine gelb-braun gefärbte Mosaiksteine zu einem Fisch zusammengelegt.

»Es stimmt, was Rufus sagt. Wir sind Christen. Wir glauben an den einen Gott und an Jesus Christus, seinen Sohn.«

»Was? Ihr glaubt nur an einen Gott? Es gibt doch so viele Götter.« Quintus blickte Corinna ungläubig an.

»Ja, wir glauben, dass es nur einen Gott gibt und dass er vor etwa zweihundert Jahren seinen Sohn zu uns auf die Erde geschickt hat.

Als kleines Kind ist er in der Provinz Palästina geboren worden. Morgen feiern wir den Tag seiner Geburt. Natürlich können wir nicht draußen auf der Straße oder im Hof feiern. Du weißt ja, die Leute ärgern sich leicht über uns. Aber ich finde es trotzdem schön, wenn wir hier mit anderen Christen zusammen sind.«

»Und was hat das mit dem Fisch zu tun?«, fragte Quintus etwas ungeduldig.

»Er ist eine Idee von Christen aus Syrien: Wenn du ›Jesus Christus ist Gottes Sohn und der Retter‹ aufschreibst und dann immer nur die ersten Buchstaben nimmst und hintereinander liest, ergibt das ›Fisch‹.«

Corinna sah Quintus erwartungsvoll an, aber der schaute etwas zweifelnd.

»Auf Griechisch natürlich. Die meisten Leute dort sprechen ja immer noch nicht Lateinisch.«

»Ganz schön schlau. Aber glaubt ihr, euer Geheimzeichen bleibt noch lange geheim, wenn ihr es überall hinmalt und dann auch noch Leuten wie mir erklärt? Ich meine, ich sag's ja keinem ...«

Corinna lachte. »Du darfst ruhig mit anderen darüber reden. Am liebsten würden wir es ja allen ganz laut erzählen. Vor allem am Geburtsfest.«

Silas’ Weihnachtswunsch (um 50)

»Dieses Jahr nimmst du mich aber mit!« Silas reichte seinem Vater einen dicken Klumpen Ton. Der warf ihn auf die Drehscheibe, feuchtete seine Hände in einer Wasserschüssel an und begann, die unförmige Masse mit geschickten, schnellen Bewegungen zu bearbeiten. Silas bewunderte seinen Vater.

Silas’ Familie lebte in der Töpfergasse, in einem Haus, in dem sich zu ebener Erde die Werkstatt des Vaters befand und im Obergeschoss der Schlafraum und der Wohnraum. In ganz Jerusalem war der Vater bekannt für seine kunstvoll angefertigten Krüge und Schüsseln, Becher und Teller aus gebranntem Ton.

Silas’ ältere Brüder gingen dem Vater schon fleißig zur Hand. In wenigen Jahren würden sie alle als Töpfer ihr Brot verdienen. Auch der achtjährige Silas durfte schon aus Tonresten kleine Gerätschaften formen. Aber seine Spezialität waren Schafe. Eine ganze Herde von Tonschafen stand auf dem Flachdach des Elternhauses, auf dem Silas seine eigene Ecke hatte. Dort standen blökende Schafe, liegende Schafe, Lämmer und Mutterschafe. Alle waren sie von Silas aus Tonresten geformt und in Vaters Ofen gebrannt worden.

Vor einiger Zeit hatte ihn sein Vater einmal gefragt, wie viele Schafe er denn noch kneten wolle. Er könne sich doch einmal mit Eseln oder Ziegen versuchen. Aber Silas hatte gemeint: »Hundert Schafe sollen es werden. Jesus hat doch einmal erzählt, dass Gott wie ein Hirte ist, der hundert Schafe hatte. Aber als ihm eines verloren ging, suchte er es überall, bis er es endlich fand. So sehr liebt Gott uns. Deshalb will ich hundert Schafe machen.«

Aber heute bewegte Silas etwas anderes. »Vater, hast du mich gehört? Ich möchte dieses Jahr mit euch Männern aus der Christengemeinde nach Bethlehem, um das Geburtsfest von Jesus in der Geburtshöhle zu feiern. Ich bin jetzt groß.« Bei diesen Worten stellte sich Silas an den Türbalken und fühlte über seinem Kopf mit der Hand das Holz. Mit seinem hochgestreckten Zeigefinger strich er über die Einkerbung. Er schielte zu seinem Vater, der immer noch den Ton bearbeitete, und stellte sich ein wenig auf die Zehenspitzen. Nun erreichte sein Zeigefinger gerade die Kerbe. Wieder schaute Silas zu seinem Vater. Unter seinen flinken Händen entstand gerade eine Schüssel, er war schon dabei, eine Wulst als Rand zu schlagen. Silas wusste, dass der Vater seine Arbeit jetzt nicht unterbrechen konnte. Aber er hatte ja Zeit. Wenn er es ihm nur erlauben würde …

Nun nahm der Vater seinen Fuß von der Schwungscheibe. Er stand auf, wusch sich die Hände und wischte sie sich an der Schürze ab. Silas stand immer noch am Türbalken, mit dem Finger in der Kerbe – und er stand immer noch auf Zehenspitzen. Bittend schaute Silas seinen Vater an. Aber der hatte nur Augen für Silas' Zehen.

»Silas, du weißt, dass meine Söhne erst dann mit mir die Stadt verlassen dürfen, wenn ihr Scheitel die Kerbe ereicht. Das habe ich deiner Mutter versprochen. Du stehst aber auf den Zehen. Du bist also noch nicht groß genug, um mit uns nach Bethlehem zu wandern.«

Silas ließ mutlos seine Arme hängen. Natürlich hätte er sich denken können, dass sein Vater nicht hinters Licht zu führen war.

»Es ist doch wegen Andreas. Bei der Christenversammlung in unserem Haus in der letzten Woche habe ich gehört, dass ein Mann zu dir gesagt hat, der blinde Hirte Andreas aus Bethlehem würde bald sterben.

Bitte, Vater, ich möchte ihn so gern noch sehen. Er ist doch der letzte Hirte von denen, die am Tag, als Jesus geboren wurde, zur Krippe kamen.«

Silas' Vater strich sich über den Bart, kratzte sich am Hinterkopf und schwieg. Das war ein gutes Zeichen. Silas wagte ein wenig zu drängeln: »Ich verspreche dir, ich werde bestimmt auf der Wanderung nach Bethlehem nicht jammern.

Ich weiß, dass wir früh aufstehen müssen. Und eine Nacht werden wir dicht gedrängt bei den Christen in Bethlehem übernachten. Trotzdem will ich mit. Bitte, Vater!«

»Nun gut, ich seh schon, der Stolz, dabei zu sein, wird deine Füße voranbringen. Ich werde mit deiner Mutter reden.«

Silas schlang die Arme um seinen Vater, drückte seine Nase fest in die tonverschmierte Schürze und brummelte ein paar unverständliche Worte.

»Was hast du gesagt, Silas?« Der Vater schob den Sohn ein wenig von sich fort.

Silas schaute zu seinem Vater hoch und seine Augen leuchteten: »Ich werde Andreas fragen, wie das war, als die Engel kamen, und wie sie zum Stall gelaufen sind. Ich werde ihn fragen.«

»Hast du wirklich die Engel gesehen?« (um 50)

»Bruder Jonathan, sei willkommen bei uns in Bethlehem!« Silas betrachtete neugierig den alten Mann, der seinen Vater zur Begrüßung herzlich in die Arme nahm. Von ihm hatte sein Vater schon auf der Wanderung von Jerusalem nach Bethlehem erzählt. Es war der weise alte Samuel, Vorsteher der Christengemeinde in Bethlehem.

»Welch eine Freude, dass die Jerusalemer Gemeinde heute mit uns hier in Bethlehem das Geburtsfest unseres Herrn feiert! Und du, junger Mann«, bei diesen Worten wandte sich Samuel Silas zu, »deine Füße haben dich die Strecke von Jerusalem nach Bethlehem gut getragen?« Aus Samuels zerfurchtem Gesicht schauten Silas zwei freundliche Augen aufmunternd an.

Erst bei dieser Frage merkte Silas, dass seine Füße in den Ledersandalen doch etwas schmerzten. Obwohl die Stunden viel schneller vorbeigegangen waren, als er es sich vorgestellt hatte, ließ er sich müde auf einen Felsbrocken nieder. Samuel reichte ihm einen Becher mit frischem Wasser, den Silas mit großen Schlucken bis auf den letzten Tropfen leerte.

»Kommt mit mir und ruht euch in meinem Haus ein wenig aus. Ihr seid sicher hungrig. Meine Sara wird euch mit ein paar warmen Fladen und einem kräftigen Brei

stärken, und der Gottesdienst beginnt erst nach Sonnenuntergang an der Geburtshöhle.«
Nein, dafür hatte Silas jetzt keine Zeit. Viel Wichtigeres hatte er doch vor! Und Samuel würde ihm sicher helfen können.

»Wo ist der blinde Hirte Andreas?« Gespannt schaute Silas den alten Mann an.

»Der blinde Andreas?« Samuel wiegte sorgenvoll den Kopf. »Schlecht steht's um ihn, ganz schlecht. Die gute Elisabeth hat ihn in ihrem Haus aufgenommen. Gleich dort drüben wohnt sie.« Samuel zeigte auf ein kleines Lehmhaus, vor dem ein bepackter Esel angebunden stand. Eine stämmige Frau war zu sehen, die aus der Tür heraustrat, Körbe vom Esel lud und sie ins Haus trug.

»Vater, darf ich ...?« Silas wartete kaum die Antwort seines Vaters ab, nahm den Wanderstab und rannte auf die andere Wegseite. Sein Vater sah, wie er aufgeregt mit Elisabeth sprach.

»Schau, dein Sohn hat's geschafft. Elisabeth führt ihn in ihr Haus.« Samuel nickte anerkennend.

»Ja, was sich Silas so in den Kopf setzt ...« Jonathans Stimme klang ein wenig stolz.

Aus der Helle des sonnigen Tages trat Silas mit Elisabeth in das kleine Haus. Durch zwei schmale Fensteröffnungen fiel schwaches Licht in den Raum. Elisabeth führte ihn in einen angrenzenden noch kleineren Raum.

In einer Ecke erkannte Silas eine Matte, auf der eine schlafende Gestalt lag.

»Sprich ihn ruhig an. Vielleicht sagt er etwas. Vielleicht auch nicht.« Elisabeth blieb in der Türöffnung stehen.

Mit vorsichtigen Schritten näherte sich Silas dem alten Mann, dessen Brust sich unter jedem keuchenden Atemzug hob und senkte.

Silas kniete sich an den Rand der Matte. So hatte Großvater im letzten Jahr auch dagelegen.

Vorsichtig griff er die Hand des Alten und legte etwas in sie hinein.

»Andreas, ich habe dir etwas mitgebracht. Ich habe es selbst getöpfert.« Silas führte die schwache dürre Hand des Alten über ein kleines getöpfertes Schaf.

»Ich bin Silas aus Jerusalem. Ich möchte von dir hören, wie es war, damals, in der Nacht, als Jesus geboren wurde. – Andreas, hast du wirklich die Engel gesehen?«

Immer noch hielt der Alte die Augen geschlossen und es schien Silas, als würde er schlafen. Doch jetzt hob er seine andere Hand und betastete mit ihr das kleine Schaf. Langsam öffnete er die Augen und Silas erschrak, als er in die blinden Höhlen schaute.

»Unruhig war die Herde und die Nacht wurde uns unheimlich. Und plötzlich war es hell wie am Tag. Und wirklich ...«

Andreas, den Silas erst kaum verstehen konnte, wurde aufgeregt und suchte mit einer Hand den Jungen. Er bekam Silas' Arm zu fassen und der wunderte sich, wie fest der Kranke ihn drückte.

»Glaub mir, Junge, sie waren wirklich da. Himmlische Heerscharen. Ich habe keine Worte, um dir zu sagen, wie es war. Aber wir spürten …« Ein Husten schüttelte den Körper des Kranken.

Seine Augen waren wieder geschlossen, das Schaf war aus seiner Hand gefallen und lag auf der Decke. Ganz leise kamen nun die Worte aus dem Mund des blinden Hirten Andreas.

Silas beugte sich ein wenig über ihn, um ihn besser verstehen zu können.

»In mir leuchtet es noch immer. Und dann sind wir gerannt und haben das Kind gefunden. In Windeln gewickelt, wie es die Engel gesagt hatten.«

Noch einmal gruben sich die Finger des Alten in Silas' Arm und seine Stimme wurde lauter: »Wirklich – alle sollen es hören: Euch ist heute der Heiland geboren, der König der Welt. Allen haben wir von dem Heiland erzählt. Hörst du, mein Junge? Allen!«

Das erste Weihnachtsfest

Zu jener Zeit ordnete der römische Kaiser Augustus eine Volkszählung im ganzen Römischen Reich an. Dies war die erste Volkszählung; sie wurde durchgeführt, als Quirinius Statthalter von Syrien war. Alle Menschen kehrten in ihre Heimatstadt zurück, um sich für die Zählung eintragen zu lassen. Weil Josef ein Nachkomme Davids war, musste er nach Bethlehem in Judäa, in die Stadt Davids, reisen. Von Nazareth in Galiläa aus machte er sich auf den Weg und nahm seine Verlobte Maria mit, die hochschwanger war. Als sie in Bethlehem waren, kam die Zeit der Geburt heran. Maria gebar ihr erstes Kind, einen Sohn. Sie wickelte ihn in Windeln und legte ihn in eine Futterkrippe, weil es im Gasthaus keinen Platz für sie gab. In jener Nacht hatten ein paar Hirten auf den Feldern vor dem Dorf ihr Lager aufgeschlagen, um ihre Schafe zu hüten. Plötzlich erschien ein Engel des Herrn in ihrer Mitte. Der Glanz des Herrn umstrahlte sie. Die Hirten erschraken, aber der Engel beruhigte sie. »Habt keine Angst!«, sagte er. »Ich bringe eine gute Botschaft für alle Menschen! Der Retter – ja, Christus, der Herr – ist heute Nacht in Bethlehem, der Stadt Davids, geboren worden! Und daran könnt ihr ihn erkennen: Ihr werdet ein Kind finden, das in Windeln gewickelt in einer Futterkrippe liegt!« Auf einmal war der Engel von den himmlischen Heerscharen umgeben, und sie alle priesen Gott mit den Worten: »Ehre sei Gott im höchsten Himmel und Frieden auf Erden für alle Menschen, an denen Gott Gefallen hat.« Als die Engel in den Himmel zurückgekehrt waren, sagten die Hirten zueinander: »Kommt, gehen wir nach Bethlehem! Wir wollen das Wunder, von dem der Herr uns erzählen ließ, mit eigenen Augen sehen.« Sie liefen so schnell sie konnten ins Dorf und fanden Maria und Josef und das Kind in der Futterkrippe. Da erzählten die Hirten allen, was geschehen war und was der Engel ihnen über dieses Kind gesagt hatte. Alle Leute, die den Bericht der Hirten hörten, waren voller Staunen. Maria aber bewahrte alle diese Dinge in ihrem Herzen und dachte oft darüber nach. Die Hirten kehrten zu ihren Herden auf den Feldern zurück; sie priesen und lobten Gott für das, was der Engel ihnen gesagt hatte und was sie gesehen hatten. Alles war so, wie es ihnen angekündigt worden war.

(Lukasevangelium, Kapitel 2; Neues Leben Bibel)

Claudia Filker

Wir reisen hin zum Weihnachtsfest

Adventsgeschichten aus zwei Jahrtausenden

2 CDs · Sprecher von Jürgen Werth · Bestell-Nr. 312.013.224
ISBN: 3-89562-892-1

Mit jdeder der 24 Geschichten tauchen kleine und große Zuhörer tiefer in die Welt vergangener Zeiten ein und reisen von der Gegenwart durch viele Jahrhunderte bis zu ersten »Weihnachtsfest« in Bethlehem.

scm ERF Verlag

Friederike Tegge (Hrsg.)

Das nostalgische Weihnachts-Vorlesebuch

220 Seiten, gebunden · Nr. 226.260

Über 40 Geschichten aus vergangenen und doch immer noch so lebendigen Tagen. Hier finden Sie Märchen und Sagen, die Sie als Kinder gelesen oder gehört haben, Erinnerungen bekannter Dichter, Berichte von Freud und Leid, von Zauber und Heimweh in der Heiligen Nacht.

scm R.Brockhaus

Zeit des Wartens,
Zeit der Freude
Die Postkartenbox
24 himmlische
Weihnachtsgrüsse